Hans-Jürgen Friske

# Die Königin Ladina

Macht und Ohnmacht im Ameisenstaat

2021 Hans-Jürgen Friske
Umschlag, Illustration: Hans-Jürgen Friske
Marta Beutekamp
Verlag & Druck: tredition GmbH, Halenreihe 40-44, 22359 Hamburg

ISBN 978-3-347-30181-8
Paperback

Die Königin Ladina war in Unruhe. Der Boden zitterte, und in der Luft war ein leichtes Dröhnen zu hören. Sie rief ihre Leibgarde und ließ sich mit einer Sänfte auf die Spitze ihrer Burg tragen. Vorsichtig erkundeten die Sicherungskräfte das Umfeld, aber es war kein Feind, weder am Boden noch in der Luft, zu sehen. Doch das Dröhnen hatte beängstigend zugenommen. Sicherheitshalber brachte man die Königin wieder in die Burg. Im unteren Geschoss, tief unter der Erde, schien es ruhiger, aber jeder spürte die Anspannung. Panik kam nicht auf, denn alle waren nur auf das Wohl ihrer Königin fixiert. Das war auch Ihre Aufgabe und was sollten sie sonst auch tun. An Flucht war nicht zu denken. Wo sollten sie auch hin. Je lauter das Dröhnen in der Luft wurde, umso heftiger zitterte der Boden, und am Hügel, der mit Lehm und Speichel verfestigt war, zeigten sich die ersten Risse. Schon oft hatte die Kolonie leichte Erdbeben unbeschadet überstanden, aber was jetzt vor sich ging, war anders. Diesmal würden sie nicht so leicht davonkommen. Der Oberkommandierende der Armee, General Walnus formiert seine Soldaten auf dem Hügel, so wie es bei einem feindlichen Angriff anderer Völker immer getan hatte. Aber diesmal war kein Feind zu sehen und das Dröhnen in der Luft wurde unerträglich. Ein Vogelschwarm flog aufgeregt umher, als hätten sie die Orientierung verloren. Die Temperatur war inzwischen empfindlich angewachsen. Es wurde unerträglich heiß, obwohl die Sonne nicht zu sehen war. Die neblige Luft verfärbte sich rot, und alles Leben schien auf der Flucht zu sein. Ein starker Druck presste die Soldaten gegen den Hügel.

Jetzt wurde es auch für sie höchste Zeit sich in die Burg zurückzuziehen und das Kommende abzuwarten. Nur einen Posten lässt der General auf der Burgspitze. Er muss die die Lage unter Kontrolle halten, auch wenn er nichts dagegen unternehmen kann. Der Posten rieb sich die Augen. Die Hitze und der aufkommende Staub erschwerten ihm die Sicht. Aber was war denn das? Da kam eine riesige Feuerkugel auf ihm zu, und das Ding wurde immer größer. Er verließ jetzt seinen Posten und lief in die Burg um den General Meldung zu erstatten. „Das ist der Weltuntergang" murmelte Walnuss und befahl allen sich so tief wie möglich in die Burg zu begeben und um die Königin zu sammeln. Sie sollten die Königin umringen, um sie vor einen Aufschlag eines Asteroiden oder eines fremden Planeten zu schützen. Eigentlich glaubt er selbst nicht daran, dass sie eine Überlebenschance haben, aber was sollte er auch tun. Er muss bis zuletzt Befehle erteilen, um eine Panik zu verhindern. Sollte das das Ende ihres Planeten Urian sein? Was ging ihm jetzt nicht alles Besorgniserregendes durch den Kopf. Die Luft in der Burg wurde langsam stickig, und der Druck auf die Leiber nahm immer mehr zu. Dann plötzlich spüren sie einen harten Schlag. Ein Beben erschütterte die Burg bis in tiefe Lagen. Alles versank in Schutt und Asche. Die Königin spürt den Schweiß und das Blut ihrer sterbenden Vertrauten. Dann schwinden ihre Sinne. Den Planeten Urian gibt es so nicht mehr und auch alles Leben scheint verschwunden. Was ist passiert? Ein riesiger Asteroid ist auf den Planeten Urian aufgeprallt und hat diesen ein Teil seiner Masse abgerissen. Der Großteil rotiert um seine eigene Achse, bleibt aber in der Umlaufbahn in seinem Sonnensystem. Auch ein Teil der Atmosphäre ist verloren gegangen. Der Rest des Planeten Urian wird aus seiner Bahn geschleudert und rotiert ziellos im Weltraum umher.

Der neue nun kleinere Urian ist zerklüftet, und von heißem Staub ist die Luft erfüllt. Pyroplastische Strömeüberziehen das Land und vernichteten alles, was an der Oberfläche zu erreichen war. Es wird noch Jahrhunderte dauern bis der neugeschaffenen Planet wieder seine runde Form einnimmt. Aber kann sich hier überhaupt neues Leben entfalten? Bisher scheint die neue Welt unwirklich und lebensfremd. Nachdem sich der Staub gesenkt hat, fängt es an zu regnen. Unendlich erscheint dieser Sturzregen, begleitet von Blitz und Donner und orkanartigen Stürmen. Ein Teil der Oberfläche ist kalt, der andere Teil strahlt aus der Bruchstelle starke Hitze aus.Durch die Wärme entsteht Dampf, was wieder dazu führt, dass es nicht aufhören will zu regnen.Das Wasser dringt immer tiefer in den Boden, bis es auch den versunkenen Hügel der Blaukopfameisen erreicht. Sie hatten sich tief eingegraben bevor ihre Welt unterging. Beben gab es ja immer mal auf den Planeten.Aber das hatte sich immer angekündigt. Die Tiere konnten es durch Veränderungen in der Atmosphäre spüren. Doch diesmal war alles anders. Das war kein Beben. Das war der Weltuntergang. Die Katastrophe scheint alles Leben vernichtet zu haben. Aber gilt das auch für so kleine Lebewesen, wie Würmerund Ameisen tief unter der Erde?

Die Königin schlägt die Augen auf. Sie versucht die Beine zu bewegen, aber das gelingt ihr nicht. Sie ist eingeklemmt zwischen den Resten ihrer Burg und toten und halbtoten Gefährten. Aber wenn sie überlebt hat, warum denn nicht auch andere? Ihre Soldaten würden sofort nach ihr suchen, sobald sie sich selbst befreit haben, und sie war sich sicher, dass da bald was geschieht, denn sie spürte schon ein Scharren und Kratzen in ihrer näheren Umgebung. Jetzt drangen auch dieersten Rufe durch den Bau. Gänge gibt es nicht mehr. Jeder Weg muss neu gegraben werden, aber die Richtung haben die Retter im Gefühl. Die Königin weiß, dass noch lange dauern kann, bevor sie sich bis zu ihr durchgegraben haben. Die Luft ist stickig und wird auch immer knapper. Wird sie so lange aushalten? Sie versucht sich nicht zu bewegen, und sie reagiert auch nicht auf vermeintliche Laute. Jetzt nur keine Energie verlieren, nur ruhig ausharren. Vieles geht ihr durch den Kopf. Wie wird ihr neues Umfeld aussehen? Hat sie noch genügend Gefolgsleute um einen neuen Staat zu gründen oder werden sie am Ende doch noch alle umkommen, sei es durch verdursten oder verhungern? Dann verliert sie das Bewusstsein. „Ladina, Ladina, meine Königin, wir leben!" Die Königin hört die Worte. Das ist doch die Stimme ihres Generals. Diese Worte klingen wie kosmische Laute aus dem Universum. Ja, diese ewigen Träume, denkt sie und erwacht erst aus ihrem Schlafkoma, als sie jemand an der Hand berührt. „Oh, wo bin ich, und wo ist mein Volk"? das sind Ihre ersten Brocken, die sie hervorbringt, dann verliert sie wieder das Bewusstsein. Der General ist überglücklich. Die Königin lebt und wird uns auch weiterführen. Der General Walnuss ist seiner Königin sehr zugetan. Sie hat ihn immer gut behandelt und hat auch das Volk mit großer Fähigkeit und auch mit List und Tücke immer durch Höhen und Tiefen geführt. Er wird sie immer uneigennützig beschützen und wenn es sein muss, auch sein Leben für sie einsetzen, wenn Gefahr droht. Einige Arbeiterrinnen irren durch die Gänge. Ihre Leiber weisen breitflächige Verbrennungen auf und an ihren schwerfälligen Bewegungen kann man nachfühlen, welche Schmerzen sie wohl ertragen mussten. Der General hat da so seine eigenen Methoden. Therapie durch Ablenkung, und Ablenkung durch Arbeit. „Es wird Zeit, dass wir uns einen Weg nach außen durchgraben", rief er den vorbeilaufenden Arbeiterinnen zu. Er wusste, dass dies ein Himmelsfahrtkommandoist, denn keiner konnte auch nur im Geringsten ahnen, welche Zustände da draußen herrschten. Das Pflichtbewusstsein der königlichen Untertanen ließ allen Schmerz vergessen, und einige Arbeiterrinnen machten sich auch sofort an die Arbeit. „Richtung Osten und dann erst nach oben", ruft Walnuss ihnen noch hinterher, Dann dreht er sich schnell weg und begibt sich wieder zur Königin. Woher sollte er wissen, wo Osten ist. Gibt es überhaupt ein Magnetfeld und Himmelsrichtungen. Am besten nicht darüber reden. Die Zukunft, wenn es überhaupt eine gibt, wird alles richten.

Unterdessen finden sich immer mehr Soldaten im Befehlsstand des Generals ein. Walnuss machte keinen Unterschied zwischen Soldaten und Arbeiterinnen. Beide hatten sich in den letzten Kriegen gleichermaßen bewährt, aber die Verluste bei seinen Soldaten waren bedeutend höher. Walnuss muss handeln. Von der Königin sind in Ihrem derzeitigen Zustand noch keine Weisungen zu erwarten. Walnuss fühlt sich als ihr Stellvertreter, und das macht er mit großem Ehrgeiz. Er war von großer schlanker aber kräftiger Gestalt und auf der Brust zeugte eine große Narbe von Kämpfen, die er immer mutig und aufopferungsvoll bestritten hatte. Seine autoritäre Art verschaffte ihm Respekt und Anerkennung. Ob von denen, die Posten aller Art beglichen überhaupt noch einer lebt? Walnuss hatte schon immer die Handlungsfähigkeit dieser Schleimscheißer in Frage gestellt, er musste den Schein waren und sich als Demokrat zeigen. Jetzt wurde er in seiner Ansage noch entschlossener. „Diese Katastrophensituation kann nur ein starker durchsetzungsfähiger Mann mit harter Hand beherrschen, und natürlich ich, an der Seite der Königin, die doch vom Volk so geliebt wird." Er stellt sich auf eine Podest artige Erhöhung und faucht alle Umstehenden an. „Wir haben jetzt eine Ausnahmesituation. Da muss jeder alles machen was ich befehle, denn ich handle im Auftrag der Königin, zumindest gehe ich davon aus, dass es ihr Wunsch ist". Ihm liegen noch die Worte der Königin im Ohr, die sie ihm so oft gesagt hatte, wenn er nicht hart genug mit seinen Soldaten umging. „Das Volk soll funktionieren und nicht denken, und die Königin ist dazu da, alles zu lenken." Er musste jetzt allein entscheiden. Er war der General und die Königin zugleich, und das wird auch noch eine Weile so bleiben. Ein leichtes Murren erfüllt den Raum, aber nach kurzer Zeit wurde es immer stiller. Es wagte sich keiner dem General zu widersprechen. Das funkeln in seinen Augen verriet Entschlossenheit. Plötzlich aus der Stille heraus meldete sich eine vertraute Stimme. „Herr General, Das ist aber Diktatur und hat mit unserer Monarchie nichts mehr zu tun". „Das ist Verrat", brüllte der General. Er blickte in die Ecke, konnte aber den Sprecher in der Dunkelheit nicht erkennen, aber er wusste wer es war. Es war der Hofnarr Baldur, der es wagte so zu provozieren. Der Hofnarr war klug und gewitzt. Er war von schmächtiger Gestalt, aber seine Klugheit hatte sich schon oft als nützlich erwiesen. Die Königin ließ sich doch oft von seiner Meinung beeinflussen. Aber er war auch provokant und vorlaut. Wenn Walnuss mit ihm allein gewesen wäre, dann hätte er ihn kurzerhand liquidiert, aber das konnte er jetzt unter zu vielen Zeugen nicht tun. Außerdem würde es die Königin erfahren und ihm zur Verantwortung ziehen. So bewahrt er seine Beherrschung und geht zur Tagesordnung über. Er gibt allen Anwesenden den Befehl die Gänge zu den Lagerräumen freizulegen und die Lagerbestände zu überprüfen. Unterdessen traf eine der Arbeiterinnen, die er losgeschickt hatte, einen Weg nach draußenzu finden, völlig erschöpft und verstört wieder ein. Was diese zu berichten hatte, hörte sich nicht gut an. Sie sah aus, als hätte sie in weißer Asche gebadet. Baldur hatte inzwischen eine Kerze angezündet und alle blickten erschrocken auf diese armselige Gestalt, die keiner Ameise mehr ähnelte. Diese Ameise hatte nichts Hoffnungsvolles zu verkünden. „Ich sah nur heiße nasse Asche, und die Hitze war unerträglich. Uns umgibt eine lebensfeindliche Welt, in der wir nicht überleben können". Alle umstehenden waren geschockt von dieser Nachricht. Der General starrte auf den kleinen Haufen vom Unglück gezeichneter Ameisen und rang um Fassung. Dann fing er leise mit aufbauenden Worten an auf die Anwesenden einzureden. „Wir können nur hoffen, dass sich die Situation bald ändert, und wir bald raus können, um unser neues Umfeld zu erkunden". Dann überlegte er kurze eine Weile. Er weiß, er muss sich in erster Linie um die Versorgung kümmern, wenn er auch noch nicht einschätzen kann, für wie viele Überlebende er sorgen muss. Er überlegte, wo die Lagerräume zu finden sind. In einen der Lagerräume hatten die Züchter Brutbrei ausgelegt. Dieser Brei bestand aus zerkauten Pflanzenteilen, die den Nährboden für einen Pilzzucht bilden sollte. Die Bedingungen für ein Wachstum von Pilzen müssten günstig sein. Es war warm und feucht, aber für die andern Bestände waren die Verhältnisse nicht ideal. Sie mussten so schnell wie möglich die Lagerräume finden. Keiner hatte bemerkt, dass die Königin inzwischen wieder bei Bewusstsein war und die Augen leicht geöffnet hielt. Offensichtlich hat siedie Auseinandersetzung zwischen dem General und ihrem Hofnarren noch nicht mitbekommen, denn sie geht nur auf die Situation in der Burg ein und ermutigt denGeneral die Zügel fest in die Hand zu nehmen. Die Königin muss sich jetzt um ihre Hauptaufgabe, den Bestand des Volkes zu sichern, kümmern. Vorsichtig streckt sie ihre sechs Glieder und die geknickten Antennen. Auch diese sind noch heil und funktiontüchtig. Es sind ihre wichtigsten Sinnesorgane zum Tasten, Riechen und Schmecken und zur gegenseitigen Verständigung. Wenn auch unter starken Schmerzen, so kann sie doch alle Gliedmaße bewegen. Keine Lähmung wird sie in ihren Pflichten hindern. Vorsichtig führt sie ihre Hand nach unten und tastet sich ab, und dann, ein freudiges Zucken durchfährt ihren Körper. Sie fühlt den prall gefüllten Samensack und ruft laut heraus: „Ich werde euch ein neues Volk schaffen. Mit diesem Vorrat kann ich fünfundzwanzig Jahre lang die Eier selbständig befruchten."

Sie denkt gerne an den Tag zurück, als sie als Jungkönigin zu Ihrem Hochzeitsflug bei herrlichem Sonnenschein ausflog und etwa fünfzig geschlechtsreife beflügelte Männchen sie verfolgten. Wie begehrt sie doch war mit ihrer überragenden Größe und dem auffallend großen Hinterleib. Besonders bedrängt wurde sie von Artur, einem kräftigen potenten

Männchen mit unversiegbarer Kraft und Ausdauer. Von fünfzig Männchen begattet kehrte sie nach einigen Stunden überglücklich von ihrem Traumflug in Ihre Burg zurück. Nun konnte es losgehen mit dem Eierlegen. Die Flügel brauchte sie nun nicht mehr und legte sie für immer ab. Jetzt war sie eine richtige Königin, die ihre Burg nie mehr verlassen wird, denn ab jetzt war sie vorwiegend auf Reproduktion spezialisiert, ohne dabei auf ihren Führungsanspruch im Staat zuverzichten. Von den Männchen, die sie bei ihrem Hochzeitsflug so glücklich machten, hat sie nichts mehr gehört. Sie mussten wohl dieses Vergnügen mit ihrem Leben bezahlen. Zum Brüten hat die Königin jetzt noch nicht die Kraft, und außerdem sprechen die gegenwärtigen äußeren Bedingungen dagegen. Es gibt in diesem Staat nur die eine Königin, und wenn sie stirbt, dann geht auch der gesamte Staat unter. Das weiß auch der General Walnuss und tut alles um die Königin durch diese schwere Zeit durchzubringen. Es gab Zeiten, da hatte der Staat noch 10 Königinnen. Da war der Bestand auf lange Zeit gesichert, aber in der jetzigen Lage mit nur einer Königin wird es schwer. Noch ist aber nicht klar, ob es überhaupt weitergeht, denn die äußeren Bedingungen sprechen dagegen. Wie lange werden die Vorräte noch reichen, und wann können wir wieder aus dem Bau, an die Luft, um frisches Grün und Samenzu holen oder zu jagen? Inzwischen haben sich noch ein paar Arbeiterinnen im Königssaal eingefunden. Der General erfährt von Ihnen, dass sie Klopfzeichen im unteren Teil der Burg gehört hatten, und dass sie unbedingt einen Gang in diese Richtung graben müssen. „Ja", meinte Walnuss. „Wir werden alle Straßen freilegen, um nach unseren Kameraden, die die Katastrophe überlebt haben, zu suchen. Der Königssaal ist sofort als Lazarett einzurichten, denn die, die wir jetzt noch finden, werden unsere Hilfe dringend brauchen. Von unserem Volk sind nicht viele übriggeblieben, aber wir müssen so schnell wie möglich unser Führungssystem wiederaufbauen, damit Ordnung einkehrt. Wir werden auch diesen schweren Schicksalsschlag überwinden und gestärkt im Bewusstsein und Glaube wieder auferstehen. Ein Volk das leidet, ist zu allem fähig. Ja, wir waren schon immer Überlebenskünstler". Etwas ungläubig blicken die umstehenden Arbeiterinnen Walnuss an. „Da gibt es noch einiges zu klären, ruft eine der Arbeiterinnen dem General zu. Von was sollen wir leben? Selbst wenn wir noch Lagerräume finden, ist es nicht sicher ob die Lebensmittel noch genießbar sind, und ob die Menge ausreicht um uns alle zu versorgen". "Sammelt die Toten ein, zerteilt sie so dass man ihre Herkunft nicht mehr erkennen kann und säuert sie ein", kontert Walnuss. „Das ist Kannibalismus", ruft Baldur laut aus der Menge. „Ach Baldur, du Trottel. wir haben in schlechten Zeiten schon immer unsere Feinde in unsere Lagerräume geschleppt. Was glaubst du wohl, was wir mit denen gemacht haben?" Nun hatte Walnuss die Lacher auf seiner Seite. „Es waren doch nicht nur Insekten und Pflanzen, mit denen wir unseren Nachwuchs gefüttert haben. „Jetzt in der Not, wo es um unser Überleben geht, müssen wir alle Möglichkeiten war nehmen". Ein murren geht durch Reihen. „Unsere eigenen Verwandten zu essen, das hat es bei uns noch nie gegeben", tönte es aus der Menge. „Außergewöhnliche Umstände erfordern außergewöhnliche Maßnahmen", ruft Walnuss in die kleine Menge, die noch unschlüssig und regungslos dastehen. Nur wenn jeder seine ihm zugeteilte Aufgabe erfüllt, werden wir wieder zu alter Stärke zurückfinden und zukünftige Schwierigkeiten bewältigen.

„So, und nun geht und macht euch an die Arbeit. Wir haben keine Zeit zu verlieren.

Inzwischen hat sich Planet beruhigt. Die Rotation hat sich auf Normalwerte eingestellt und es ist genügend Sauerstoff vorhanden um zumindest diese Lebensnotwendigkeit zu sichern. „Wir müssen einen neuen Versuch starten um die Umgebung zu erkunden", sprach Walnuss die Königin an. „Ja gut, stell ein paar Soldaten zusammen und öffnet den Ausgang. Der Regen hat ja inzwischen aufgehört, so dass der Boden sicher begehbar ist. Versucht so weit wie möglich vorzudringen und bleibt immer zusammen. Schaut nach etwas Essbaren und haltet auch die Augen offen nach Überlebenden anderer Staaten. Womöglich haben auch einige unserer erbitterten Feinde überlebt. Auch die werden nach etwas Nahrhaften suchen und uns sicher nicht verschonen. Die ersten Soldaten traten ins Freie. Es war eine lebensfeindliche Welt was sie umgab. Nur ganz vorsichtig tasteten sie sich nach draußen um bei Gefahr sofort wieder zurückzugleiten. Dichter Nebel erfüllte die Luft, es war kalt und stickig, das Atmen viel ihnen schwer, aber sie konnten atmen. Das bedeutete, dass genügend Luft vorhanden war um zu leben. „Wenn sich wieder frisches Grün entfaltet, dann wird die Luftmasse auch wieder zunehmen und es wird neues Leben erwachen", brummte der Gruppenführer. Langsam krochen sie vorwärts. Auf ihre Fühler konnten sie sich nicht verlassen. Die waren mächtig ramponiert. Plötzlich hielten sie inne. In einer Entfernung von etwa 100 Metern ragten ein paar verkohlte Baumriesen in den grauen Himmel. Es sah aus als wollten die Baumspitzen in den Wolken halt suchen oder dort sogar Wurzeln schlagen. Aber unten, am Boden, da bewegte sich etwas. „Wir müssen näher heran um Genaueres zu erkennen."

Wolle war nicht mehr zu halten und kroch in gedeckter Haltung allen voran bis er sein Ziel erkennen konnte. Jetzt war alles klar. Es konnten nur die Großkopfameisen sein. Diese lebten in unserer Nähe und haben bedauerlicher Weise die Katastrophe auch überlebt. Es schien auch nur ein Spähtrupp zu sein, denn es sah aus als wollten sie wieder abrücken. Wolle drehte sich zu seinen Kameraden um und befahl allen sich bis zum Hals einzugraben. Das war ja nicht schwer in der lockeren Asche. „Wir warten bis sie weg sind und schauen uns dort mal näher um." Die Wartezeit zehrte an den Nerven. Der Himmel wurde immer dunkler, und eigentlich müssten sie wieder den Rückzug antreten, um den Heimweg nicht zu verfehlen. Doch der Ehrgeiz und der Diensteifer des Truppführers zwang sie ihren Auftrag unbedingt vollständig zu erfüllen. Jetzt waren die Großköpfe verschwunden und Wolle kroch mit einem Soldaten vorsichtig zu der Baumgruppe. Oh, das wäre doch ein Standort für eine neue Burg für uns. Das Wurzelwerk der Bäume bietet das Fundament für den Oberbau und das Dach für die innere Höhle. Es ein idealer Standort für ein neues Zuhause. „Wir müssen sofort zurück und der Königin und dem General Bericht erstatten", schwärmte Wolle. Mit ihrem guten Geruchssinn fanden sie auch im Halbdunkel ihre Fährte und den Weg zurück zu ihrer Burg.

Als sie ankamen wurden sie vom General schon sehnsüchtig erwartet. Zum Ausruhen gab es keine Zeit. Wolle berichtete sofort ausführlich von dem was sie beobachtet hatten und schlug auch gleich vor, gleich morgen in aller Frühe mit zehn Arbeiterinnen aufzubrechen und dort mit den Grabungen zu beginnen. „Ja", sprach der General. Das werden wir sofort organisieren. Bevor die Großköpfe wiederauftauchen, müssen wir die Eingänge so gestalten, als führen sie zu einer Riesenburg, wenn auch die Gänge noch kurz sind. Wir müssen die schon immer als Erzfeinde geltenden Großkopfameisen überlisten und Stärke vortäuschen".

Als sie am nächsten Morgen mit den ausgewählten kräftigten Arbeiterinnen die Burg verließen, ahnten sie noch nicht was sie erwartete. Der Himmel hatte sich angsteinflößend verdunkelt und Blitze erhellten den Himmel, gefolgt von krachendem Donner. Es schien als ist das eine neue Phase des Weltuntergangs. Aber es gab kein zurück. Der General führte selbst den Arbeitstrupp an und rief allen voller Zuversicht zu. „Entweder wir sterben oder wir werden aus einem neuen Burg- und Verteidigungssystem neues Leben hervorbringen. Die Großköpfe werden bei diesem Unwetter nicht hier auftauchen. Das verschafft uns den nötigen Vorsprung. Beeilen wir uns. Beginnen wir mit der Arbeit." Die Arbeiterinnen begannen gleich mehrere große Löcher in den Boden zu graben.

Jetzt fing es auch noch an zu regnen. Der vom General ernannte Truppführer Wolle, der hatte gegenüber allen anderen Mitgliedern des Staates, eine stark behaarte Brust, und trug deshalb diesen Rufnamen,
führte wie immer seinen Arbeitsauftrag gewissenhaft durch und duldete
keine Erholungspausen. Erst als sich in den etwa zwanzig Zentimeter
langen Gängen das Regenwasser sammelte, lies er die Arbeit unterbre-
chen. „Wir machen auf einen kleinen Hügel weiter und stoßen auf gleicher Ebene voran. Dann können wir von innen nach unten graben. So
läuft kein Wasser rein und wir sind geschützt". Nach dieser Anordnung
begab sich Wolle zum General, der im Außenbereich nach Spuren
suchte, die der Spähtrupp der Großköpfe eventuell hinterlassen hatten.
Trotz des Regens konnten nur ein paar Spuren entdeckt werden. Es
waren aber nur wenige.

Und das deutete darauf hin, dass es nur ein kleiner Trupp sein konnte.
Aber das sagte noch nicht aus, wieviel überlebende der Staat der Großkopfameisen noch hat. „Vielleicht ist ihre Burg auch so schwer beschä-
dig wie die unsere und sie haben auch den gleichen Gedanken wie wir,
eine neue Burg zu bauen. Vielleich kommen sie noch heute mit einem
Arbeitstrupp um mit der Arbeit zu beginnen", bemerkte der General.

Wolle war groß und von kräftiger Statur. Wenn er sich aufrichtete wirkte
er für alle Gegner bedrohlich. Er war des Generals bester Mann, und
hatte sich schon in vielen Kämpfen mit den Großköpfen bewährt. Ihm
war es durch seine intelligente und taktische Kriegsführung zu verdanken, dass sie sich gegen die größeren Großköpfe immer behaupten
konnten. Doch der General wusste, jetzt werden die Karten neu ge-
mischt. Bestimmt haben die Großköpfe unsere Aktivitäten schon beobachtet, dann müssen wir schon bald mit einer Konfrontation rechnen.

Der Regen hatte inzwischen aufgehört und so gruben sie in den zuerst
angelegten Löchern weiter. Man konnte schon erkennen, dass hier eine
riesige Burg entsteht. Es wurde langsam dunkler, und sie mussten ihre
Arbeit abbrechen und zur alten Burg zurück. Wolle lies vier Arbeiterinnen zurück. Sie sollten in den trockenen Eingängen übernachten und so
Anwesenheit und Betriebsamkeit vortäuschen. Sie sicherten die Eingänge mit Reisig und ein paar trockenen Grasresten und bauten sich
ein Lager.

Am nächsten Morgen machte sich der Trupp von Arbeiterinnen und Soldaten auf den Weg zur neuen Baustelle. Dort angekommen wurden sie
schon von den dort verbliebenen Arbeiterinnen herzlich begrüßt. Sie berichteten von einer ruhigen Nacht ohne jegliche Störungen.Weder andere Ameisen noch andere Lebewesen. Das ist gut dachte Wolle. Gut
das ich die Burg nicht ohne die kleine Besetzung gelassen habe. Aber

heute Nacht müssen wir unsere Baustelle mit mindestens sechs Soldaten absichern um die Arbeiterinnen von Sicherheitsvorkehrungen zu entlasten und zu beschützen falls doch der Gegner auftaucht. Aber jetzt mal schnell wieder an die Arbeit. Es gibt noch viel zu tun. Dieser neue Standort ist der einzige Platz in der Umgebung, wo es möglich ist eine sichere Burg zu bauen. Das werden auch schon andere herausgefunden haben. Wir müssen schnell sein, und eine Trotzburg errichten, die für den Gegner uneinnehmbar ist. Die Arbeiterinnen bastelten aus dem beim Ausgraben anfallenden Wurzelwerk Ameisenattrappen, die ihnen ähnlich sahen und stellten sie auf den Hügel. So schufen sie eine drohende Kulisse um eine Übermacht zu demonstrieren. Die Großköpfe werden es nicht in die Nähe der Burg wagen. Wolle sprach mit dem General über die zukünftigen Pläne. „Als wir den Spähtrupp das erste Mal entdeckt hatten gingen sie in die westliche Richtung. Dort irgendwo hatten sie schon immer ihre Burg. Diese wird sicherlich in keinen besseren Zustand sein wie die unsere, und so werden sie auch versuchen einen Standort für eine neue Burg zu finden. Ein guter und sicherer Platz verspricht auch gute Bedingungen für eine Fortpflanzung und den Zuwachs vieler Arbeiterinnen für die Brutpflege, die Nahrungsbeschaffung und die Arbeiten in der Burg und natürlich auch für die Stärkung unserer Armee. Was ist schon ein Staat ohne eine stolze Truppe, die jeden angreifenden Feind zurückschlagen und zum Gegenangriff übergehen kann. Irgendwann wird der Planet wieder grün sein und uns mit Nahrung versorgen. Aber im Moment müssen wir uns mit Wurzeln und toten Tieren begnügen." Plötzlich wurde Wolle in seinen Ausführungen unterbrochen. Es gab einen Warnruf von dem Wachposten auf dem Hügel. Eine Gruppe von zehn Ameisen ist in etwa fünfzig Metern in Sicht. Der General musste schnell reagieren. „Wir tuen so als hätten wir sie noch nicht entdeckt. Alle Arbeiter sollen sich auf dem Hügel beschäftigen. Es muss so aussehen als sind wir sehr viele". Der General schaute angestrengt aus sicherer Deckung in die Richtung wo die Fremden herkamen. Wolle holte seinen besten Späher um alles im Auge zu behalten. Plötzlich war keiner mehr zu sehen. Sie taten das gleiche wie wir. Aus sicherer Deckung alles genau beobachten. Sie ahnten nicht, dass wir sie schon entdeckt hatten. Der General meinte: „Jetzt, wo sie uns erkannt haben, können wir unsere Flagge hissen. Diese Großköpfe werden uns noch den ganzen Tag beobachtet und dann ihrer Königin Bericht erstatten. Und dass, was sie von ihren Spähern zu hören bekommt, wird ihr nicht gefallen". Wolle blickte den General fragend an. Wie wird sie sich verhalten? „So lange sie nicht weiß, wie viele wir sind wird sie keinen Angriff wagen", meinet der General. Aber wir müssen auf der Hut sein und keine Schwachpunkte zeigen."

Der Bau war schon so weit fortgeschritten, so dass die Arbeiterinnen und Soldaten sich über Nacht in der neuen Burg einquartieren konnten. Schon früh bei Zeiten trieb Wolle alle wieder an die Arbeit. Die Burg wurde immer höher und war schon von weitem zu sehen, und man konnte von der Burg auch weit ins Land sehen. Es war schwer für Fremde unentdeckt sich der Burg zu nähern.

Gegen Mittag gab es wieder Alarm vom oberen Wachposten. „Es nähern sich zwei Ameisen und schwenken eine grüne Fahne". „Oh, rief Wolle, das ist die Farbe der Freundschaft. Sie kommen also in friedlicher Absicht zu uns. Dann wollen wir sie auch friedlich empfangen. Wollen wir mal hören, was sie uns zu sagen haben." Wolle ging ihnen entgegen um zu vermeiden, dass die Großköpfe zu viel von den Baugeschehen mitbekommen. Der größere der beiden begann auch gleich Wolle anzusprechen. „Wir sind Gesandte der Königin Viola des Volkes der Großkopfameisen. Uns hat die Katastrophe das gleiche Leid zugefügt, und wir sind auch dabei uns neu einzurichten. Wir bauen unsere Burg neu aus und vergrößern sie. Vielleicht sind wir die einzigen, die das alles überlebt haben. Dann reicht das was wir so finden um weiter zu existieren. Wir haben die gleichen Ziele und Interessen, dann könnten wir doch in Konvergenz friedlich zusammenleben". Der General war inzwischen mit herangetreten und hatte den Großköpfe zugehört, nun übernahm er das Wort. „Ja, das ist eine gute Sache. Zwei Staaten und zwei Kolonien, und diese mit den gleichen Sicherheitsinteressen. Ich schlage einen Nichtangriffspakt vor, um unsere Staaten in friedlicher Umgebung wieder aufblühen zu lassen. Übermitteln sie das Ihrer Königin. Auch ich weder dass unserer Königin so vermitteln. Und dann vereinbaren wir ein Treffen auf königlicher Ebene in zwei Tagen. Hier am gleichen Ort." Am Abend hatte der General mit der Königin noch lange beraten. Sie traute den Großköpfen nicht über den Weg. Schon zu oft hatten sie Vereinbarungen gebrochen und haben Arbeiterinnen von uns verschleppt. Wenn sie jetzt so friedlich daherkommen, dann ist das ein Zeichen von Schwäche. Ja, aber uns bleibt auch keine Wahl. Es ist eine Zeit in der wir uns nur gegenseitig vernichten können. Wir werden unsere Vorstellungen der Königin der Großköpfe Viola unterbreiten und mit deren Vorstellungen nach Übereinstimmungen suchen. Das Gebiet der Großkopfameisen liegt etwa achthundert Meter von uns entfernt. Wir könnten vereinbaren, dass eine Grenze in etwa vierhundert Meter gezogen wird, die keiner überschreiten darf. Jeder sucht dann sein Glück in der anderen Richtung. Es müsste genügend Aas größerer Tiere zu finden sein, so dass wir bis zum neuen Grün auf dem Planeten überleben können.

Wenn andere Völker oder Stämme uns angreifen, dann bilden wir eine Zweckgemeinschaft und vertreiben mit geeinter Kraft die Eindringlinge. „Nein, Königin, nicht vertreiben werden wir sie, sondern vernichten. Es ist nicht genügend Platz für mehrere Völker auf diesen Planeten". „Ja, General, du hast Recht. Du wirst in meinem Auftrag das Treffen organisieren die Verhandlungen, so wie wir es besprochen haben führen. Ich kann an diesen Treffen nicht selbst teilnehmen. Ich bin noch zu schwach und will mich so den noch existierenden Feind nicht präsentieren. General, du gehst mit Wolle und nimmst den Hofnarr Baldur mit. Der wird die Gegenpartei mit seiner Klugheit und Gerissenheit beeindrucken und hinterlistige Vorhaben sofort erkennen. Aber denke immer daran. Sobald die Großköpfe der Auffassung sind, dass sie die uns kräftemäßig überlegen sind, werden sie einen Weg finden unseren Vertrag zu brechen. Es sind Kampfameisen, die bisher immer die Auseinandersetzung gesucht haben. Wir müssen uns auf alle Möglichkeiten einrichten, und vor allem Stärke demonstrieren. Nach dieser Vereinbarung darf es kein Zusammentreffen mehr bei uns geben. Sie dürfen nicht sehen, wie wir hier leben und wie stark wir sind. Unwissenheit hat auch was mit Sicherheit zu tun. So, und nun geh und bereite dich vor. Ich habe volles Vertrauen zu dir."

Auf dem Bauplatz ging es enorm vorwärts. Im unteren Wurzelbereich der Bäume waren schon die Kammern für die Königin und ihrem Personal fast fertig. Wolle hatte die besten Arbeiterinnen zu Gruppenleiterinnen erhoben um nicht immer selbst vor Ort sein zu müssen und um Anweisungen zu geben. Das klappte recht gut. Die Arbeiterinnen konnten so auch ihre klugen Ideen verwirklichen, denn es waren ja sie die die Arbeiten vor Ort ausführen mussten.

Am Abend ging Wolle mit ein paar Soldaten zurück zur alten Burg. Es musste alles vorbereitet werden für den Umzug der Königin mit den verbliebenen Arbeiterinnenund des benötigten Hausrates und vor allem der Pilzkulturen. Wenn alles übersiedelt ist, wird die Burg vollständig zerstört, um ungebetenen Gästen kein Unterschlupf zu präsentieren. Als sie vor der Burg ankamen übermannte sie ein ungutes Gefühl. Keine Arbeiterin begrüßte sie, und es war still um die Burg. Kein Laut war zu hören. Die Soldaten stürmten sofort die Eingänge und liefen in das Untergeschoß, wo die Königin mit ihren Bediensteten lebte. Zwei fremde Ameisen waren in die Burg eingedrungen um sie für sich zu erobern, und die Königin zu der ihren zu machen. Drei Arbeiterinnen lagen schon gefesselt am Boden. Wenn es um Ihre Königin geht, da kennt auch Wolle keine Gnade. Mit seinen Soldaten hatte er die Lage schnell wieder unter Kontrolle und die Eindringlinge unschädlich gemacht. Die Königin war erleichtert. Die Fremden waren Überlebende eines untergegangenen Volkes und suchten etwas zum fressen. Sie hatten die Burg schon länger beobachtet und wussten so, dass sie nur schwach besetzt ist. Das wollten sie ausnutzen. Und als sie die Königin sahen, reifte ihr ihr Plan, gleich die Burg mit der Königin in Besitz zu nehmen. Zum Glück kam die Hilfe noch rechtzeitig um schlimmeres zu verhindern. „Wir können die Königin nicht mehr hierlassen", sagte Wolle und lies von den Arbeiterinnen Schlitten bauen um die Königin in die neue Burg zu fahren. Auf einen Extraschlitten banden sie die getöteten fremden Ameisen und nahmen sie mit als Verpflegung. Wir gehen morgen, in aller Frühe wieder zur neuen Burg und zerstören die alte Burg. Es muss so aussehen, als hätte dort noch nie eine Burg gestanden. Wir müssen immer damit rechnen, dass verstreute Ameisen hier auftauchen und eine neue Heimat suchen. Diese müssen wir festnehmen und versklaven, damit sie nicht mit großer Verstärkung wiederkommen oder unsere Burg anderen verraten.

Die Kolonne machte sich auf den Weg. Es war mühsam die Schlitten durch den mit dicker Asche bedeckten Boden zu ziehen. Der General wartete schon ungeduldig. Wolle sollte schon vor einer Stunde da sein. Da muss etwas Unerwartetes geschehen sein. Wolles Stellvertreter stand erwartungsvoll neben dem General und wartete auf Anweisungen. Die kamen auch prompt. „Nehle, nehmen sie ein Paar Soldaten und gehen sie den Trupp von Wolle entgegen". „Ja General, ich gehe sofort los". Weit war es ja nicht bis zur alten Burg. Das Wetter war auch ruhig und trocken, und bald trafen sie auch auf Wolle. Wolle war es peinlich, dass gerade sein Gruppenführer ihn so ausgepauert beim Ziehen eines Schlittens sah. Nehme übernahm sofort mit seinen Leuten diese Arbeit, und verschaffte Wolle Zeit sich wieder Luft zu verschaffen. Nach kurzer Zeit waren sie auch schon an der neuen Burg und standen dem General gegenüber. Wolle stampelte kurz was zusammen und erst bei der zweiten Wiederholung verstand der General was geschehen war. Ich gehe mal davon aus, dass wir mit den Großköpfen die gewünschte Vereinbarung durchbringen. Dann können wir uns auf die Gegenrichtung konzentrieren. Da werden sich noch einige Verirrte in unserer Gegend aufhalten.


Jetzt war es Zeit sich wieder um die Vereinbarung mit den Großkopfameisen zu kümmern. „Wolle, geh du mit ein paar Soldaten in deren Richtung und versuche die Mitte zwischen unseren Staaten auszumachen. Nimm die Fahne mit als Zeichen der Verhandlungsbereitschaft, dann kommen dir bestimmt welche entgegen, und ihr könnt ein neues Treffen der Königinnen vereinbaren. Wolle machte sich auch gleich auf den Weg. Auf einer kleinen Anhöhe hielt er inne. Von weiten sah er die große Burg der Großköpfe. Ja sie stand noch, hoch und breit wie immer. Entweder hatten sie diese so schnell wiederaufgebaut, oder sie war nicht so stark zerstört, wie die unsere. Er drehte sich um und erkannte auch deutlich seine Burg. Die Burgen schienen in etwa die gleiche Größe zu haben, aber wir bauen ja noch daran. Der Hügel schien die Mitte zwischen beiden Staaten zu sein. Wolle steckte die Fahne weit sichtbar in den Aschenboden und machte es sich mit seinem Trupp bequem. Es dauerte keine Viertelstunde da erschienen auch schon ein paar Großköpfe. Sie hatten auch ihre Fahne mitgebracht und steckten sie neben der der Blauköpfe. Die Großköpfe waren fröhlich gelaunt, und boten auch gleich Wolle ein alkoholisiertes Getränk an. „Das ist ein Wundermittel", betonte der Truppführer der Großköpfe, den sie Lote nannten. Nach dem Lote sich den ersten Schluck schmecken ließ, nahm auch Wolle einen Schluck. Es schmeckte scharf würzig und brannte etwas beim Schlucken im Hals. Sie redeten erst nur über belanglose Dinge, und Wolle spürte nach dem zweiten Schluck eine berauschende Wirkung. Für ihm gab es jetzt nur noch ein Thema. Wie wird das wundersame Getränk hergestellt? Lote bot Wolle an eine erfahrene Braumeisterin zu ihm zu schicken und ihm die Braukunst zu vermitteln. „Oh, ja, das ist eine gute Idee, aber erst müssen wir über den Vertrag reden. Wir haben unsere Vorschläge aufgeschrieben und ich kann sie euch auch gleich für eure Königin mitgeben. Ich schlage vor, wir treffen uns mit den autorisierten Delegationen in zwei Tagen hier an dieser Stelle und machen alles perfekt. Dann können wir uns wieder anderen wichtigen Dingen zuwenden."

Lote nahm das Papier entgegen und machte sich auf zu seiner Burg. Wolle wartete noch bis der Trupp nicht mehr zu sehen war, und trat danach beschwingt den Rückweg an.

„Du siehst recht glücklich aus", rief der General Wolle zu als er an der Burg ankam. „Ja, die sind wirklich gekommen und haben uns ein wundersames Getränk kreiert, und sie wollen uns auch zeigen, wie das hergestellt wird. Dafür schicken sie uns eine Braumeisterin zu Hilfe". „Stopp mal Wolle, hier kommt keiner rein. Das ist das letzte was wir noch brauchen. Agenten der Großköpfe, die unsere Burg ausschnüffeln und Schwachpunkte bei uns ausmachen". „Oh General, daran habe ich nicht gedacht, das geht überhaupt nicht". „Nein, bei, einem neuen Treffen, falls ich dich wieder hinschicke, rührst du keinen Schluck dieses Getränks mehr an. Ich weiß was das ist. Man nennt das auch Alkohol.Es entsteht bei der Gehrung von Futtermitteln, berauscht, die Sinne und kann abhängig machen. Wenn alle Soldaten so benebelt sind, dann kann der Gegner mit ihnen machen was er will. Unsere Soldaten sollen aber nur das machen was ich will. Hast du das verstanden!" „Jawohl General, ich werde keinen Tropfen mehr anrühren und auch keinen Fremden über die rote Linie zu uns lassen." „Was ist nun mit dem zu vereinbarenden Treffen der Königinnen". „Ja, ich habe Lote, dem Führer des Trupps der Großköpfe unserer Vorschläge übergeben, und wir haben einen Termin in zwei Tagen an der Grenzlinie, die wir ausgemacht haben, festgelegt ". „Gut, dann werden wir uns exakt darauf vorbereiten". Der General überlegte was er noch einbringen könnte. Ihm viel aber nichts weiter ein. Es war ja schon alles besprochen. Das wichtigste ist die Grenzlinie und der Nichtangriffspakt. Nun werde ich Baldur in seine Aufgabe einweihen, so dass er im Interesse unseres Volkes spricht und nicht seine Theorie von der Volksherrschaft darbringt. Das werden die anderen ja auch nicht wollen. Auch die Großköpfe führen ihr Regime wie eine Monarchie. Im Moment geht es aber nur um ein friedliches Zusammenleben der Völker und nicht um innere Angelegenheiten. Der General sprach noch lange mit Baldur. Der ist für ihm immer ein guter Gesprächspartner und gilt auch als Philosoph unter den intelligenten Ameisen. Sie übertreffen sich in der ihrer Diskussion in ihren Argumenten, aber es geht nie laut dabei zu. Der General braucht die Gespräche um immer die richtige Antwort parat zu haben, wenn Baldur wieder mal seine Ideen anbringen will. Das alle jetzt erstmal eine friedliche und ruhige Phase brauchen, um den Wiederaufbau voranzutreiben, war auch Baldur klar. Da war es nicht die Zeit über einen Klassenkampf zu reden. Aber die Zeit wird kommen, dachte Baldur. Da werde ich wieder aktiv und das Volk zum Umdenken bewegen. Das durfte er aber jetzt nicht äußern. Das wäre sein Todesurteil.

Es war der Tag gekommen, an dem das Königstreffen stattfinden sollte. Der General, Walnuss und Baldur bereiteten sich akribisch darauf vor. Als gepflegte und kräftige Erscheinungen wollen sie auftreten. Als die Sonne am höchsten Stand setzten sich sie sich in Begleitung von drei Soldaten in Bewegung. Die Fahnen waren schon von weitem zu erkennen. Es sollte das erste friedliche Aufeinandertreffen der Blauköpfe mit den Großköpfen sein. Es war verhältnismäßig ein schöner Tag. Sollte sich das schöne Wetter auch auf einen guten Vertrag auswirken. Jetzt kamen auch die Großköpfe zu der vereinbarten Stelle. Der General erkannte den Heerführer dieses Volkes. Auch die Königin der Großköpfe hatte ihn als ihren Vertreter geschickt. Er hatte ihm schon oft im Kampf gegenübergestanden und wusste, dass er ein ehrlicher und kein hinterlistiger Kämpfer war. Das schaffte schon mal Vertrauen. Wolle begrüßte den Adjutanten des Heerführers, Primus, den er schon beim ersten Treffen kennengelernt hatte und lächelte ihm freundlich zu. Der Heerführer Mikos rollte ein Papier aus und übergab es dem General Walnuss. Langsam, Zeile für Zeile las er den Vertragsentwurf durch und übergab diesen dann Baldur. Auch Baldur ließ sich viel Zeit beim Lesen und bemerkte, dass er die gleichen Vorstellungen beinhaltete, die auch die Blauköpfe hatten. Nur das Datum des Inkrafttretens war nicht angeführt. Beide Delegationsleiter einigten sich auf sofort des Vertragsbeginns. Schnell waren sie sich einig geworden, und schon machte der Flaschenartige Gegenstand die Runde. Wolle kannte das schon und ließ die Soldaten zurücktreten. Ihnen wurde Alkohol nicht gestattet. Der Adjutant machte nun auch dem General den Vorschlag, die Blauköpfe in die Braukunst einzuweisen und ihnen einen Braumeister zu schicken. „Nein", sagte der General". Wir sind selbst in der Lage so etwas herzustellen, aber eine gesunde Ernährung ist uns im Moment wichtiger". Damit war dieses Thema beendet. Der Heerführer der Großköpfe holte den zweiten Vertragsentwurf aus der Tasche und legte beide zur Unterschrift aus. Das Datum und die Uhrzeit wurden konkretisiert und beide Führer unterschrieben das Papier. Und wieder machte die Flasche ihre Runde. Nicht noch einmal, dachte der General und schlug vor, das Treffen zu beenden und den Königinnen Bericht zu erstatten. Die Großköpfe hätten gern noch ein bisschen von den Belustigungswasser getrunken, aber auch ihr Führer befahl dem Rückmarsch. Im Vertrag stand auch drin, dass sich jedes halbe Jahrdie Delegierten nach vorhergehender Absprache hier am Grenzpunkt wieder treffen werden. Wolle konnte schon jetzt das kaum erwarten. Konnte er doch ohne den General mal wieder ein Schlückchen vom Selbstgebrannten der Großkopfe naschen.

Ihre Fröhlichkeit blieb den wartenden in der Burg, als sie ankamen, nicht verborgen. Es musste alles nach Wunsch abgelaufen sein, der General ging sofort zur Königin, die ihm schon sehnsüchtig erwartete. Er unterbreitete ihr das Papier und schlug vor, das Vereinbarte dem Volk sofort mitzuteilen.


Der General wusste, dass es Zeit war, sich wieder mal an das Volk zu wenden. Wenn hier wieder Ruhe im Alltagsleben eintritt, dann fangen wieder einige an zu denken. Doch das sollten sie den Pferden überlassen. Die haben einen größeren Kopf. Aber Pferde gibt es ja hier nicht mehr. Diese Rolle übernehme ich mit dem Einverständnis der Königin. Um jeden Widerstand im Keim zu ersticken muss er einen harten Kurs fahren. Er ließ alle vor der Burg in geordneten Reihen antreten und erklärte dem Volk die derzeitige Sachlage.

„Wir machen einen Vertrag mit unserem Erzfeind, den Großkopfameisen, der es uns vorerst ermöglicht unsere Burg in Ruhe weiter zu bauen. Das heißt aber nicht, dass wir in ständigen Frieden weiterleben können. Es gibt auch noch andere, die uns bedrohen können. Es gibt sicher viele Überlebende, dessen Burg zerstört wurde, auf der Suche nach einem neuen Zuhause. Das haben wir ja in der alten Burg schon erlebt. Diesmal waren es nur wenige, aber es könnten auch mal Viele sein, und da müssen wir auf der Hut sein. Das wichtigste ist erst mal Disziplin und Ordnung. Jeder hat meinen Anweisungen, die durch die Königin gedeckt sind, Folge zu leisten. „Jetzt zählt nur eines, Treue oder Tod. Wer nicht für meinen harten Kurs ist, der ist gegen mich. Und wer gegen mich ist, der muss mit harten Strafen rechnen." „Aber General, das wird dem Volk nicht gefallen". „Du Narr brauchst mir nicht zu sagen, was das Volk will. Das kann ich dir auch sagen. Ich höre mir schon seit langen das Geschwätz von Demokratie und mehr Freiheit an. Wenn jeder nur machen will, was ihm gefällt, dann wird es bald kein funktionierendes Staatsgefüge mehr geben, und unser Volk würde untergehen. Das nennt man Anarchie. Jeder stellt seine eigene Vorstellung von Freiheit in den Vordergrund und lehnt die Allgemeinheit ab." Jetzt meldet sich die Königin zu Wort, sie hatte schon eine Weile dem General zugehört und wollte nun als Königin die Obermacht demonstrieren.

„Ich appelliere an meine Untertanen, wenn ihr mir nicht mehr dienen wollt, dann kann ich keine Nachkommen mehr zeugen, und unser Staat würde in kurzer Zeit untergehen. Ein jeder von uns wird für seine zukünftige Stellung geboren, und das kann keiner selbst beeinflussen. Ohne Pflichtgefühl, Vernunft und Einsicht können wir unseren Staat nicht erhalten. Unsere Feinde hätten leichtes Spiel uns für immer zu vernichten. Nein, nur wenn jeder die ihm zugeteilte Aufgabe erfüllt, werden wir unsere Stärke erhalten und unseren Feinden widerstehen. Was also soll das Geschwätz von Freiheit. Wir müssen jetzt schnell und hart durchgreifen und Volksvergifter aus unserer Burg entfernen."

„Aber Königin," rief Baldur. „Das kann zu einer Revolution führen! Die Aufwiegler sind unter uns, und es sind zum Teil angesehene Köpfe". „Dann wird unser General Walnuss diesen Aufstand niederschlagen und die Ordnung wiederherstellen", rief die Königin. Die Masse unseres Volkes steht hinter mir und wird die Soldaten unterstützen. Jeder ist für seine Aufgabe in unserer Gesellschaft geboren und hat diese bis zu seinem Tod zu erfüllen. Es kann doch nicht jeder alles können. Eine Ameise, die als Kundschafterin geboren wurde riecht anders als eine Arbeiterin, die nur im Bau arbeitet und ein Soldat riecht anders als eine Königstochter. So unterscheidet sich ein jeder von den anderen. Das ist sein Schicksal, und das muss er akzeptieren. Alle Arbeiterinnen und Soldaten haben nur mir zu dienen. Sie haben mich zu hegen und zu pflegen, damit ich viele Eier legen kann. Ob nun aus den Eiern Soldaten werden oder Arbeiterinnen, wird stark von dem Futter beeinflusst, was ihr mir bringt. Das heißt: „Bringt mir gutes Futter und ihr habt die erhöhte Chance auf eine gute Stellung in unserem Staat. Ihr könnt denken was ihr wollt, aber tut mir einen Gefallen und handelt mit Vernunft. Ihr braucht eine Königin, die die Macht demonstriert und die das Volk führt. Ein altes Sprichwort sagt: „Wenn wir den König der Löwen vertreiben, dann übernehmen die Ratten die Macht."

Walnuss fühlte sich in der Rolle des Kommandanten sichtlich wohl. Er wäre auch gern als König geboren wurden, aber das bleibt bei unseren, wie auch bei allen anderen Ameisen nur der für den Nachwuchs zuständigen weiblichen Ameise vorbehalten. Wie soll eine Königin, die nie aus der Burg kommt, nie mehr das Tageslicht sehen wird, strategisch denken und handeln. Er träumte von einen Militärstaat, wo er als alleiniger Herrscher das Volk regiert und Feldzüge zur Vergrößerung seines Reiches führt. Plötzlich schreckte er auf. Baldur stand im Eingang seiner Wohnnische und versuchte den General mit faxen artigen Bewegungen auf sich aufmerksam zu machen. „Baldur, schön dich so munter zu sehen. Was führt dich zu mir". Der General wusste, dass der Narr beim Volk sehr beliebt war und dass er ohne ihn keine Veränderungen durchsetzen konnte. Er musste seine Popularität geschickt für seine Ziele nutzen. Baldur schwärmte doch immer für Demokratie. Genau, da werde ich ansetzen. „Sag mal Baldur, worin siehst du den Unterschied zwischen einer Demokratie und einer Diktatur?" „Oh, General, das ist ganz einfach. In einer Demokratie herrscht das Volk, und in einer Diktatur herrscht ein Einzelner, der alles bestimmt, und keine andere Meinung zulässt, und da steht nicht die gemeine Ameise im Mittelpunkt, sondern nur der Gewinn". Ja aber, wenn ein Volk tausend Arbeiterinnen hat. wie sollen die regieren?", „Sie wählen eine Regierung, die ihre Interessen vertritt". „Aber Baldur, das Volk ist dumm. Es ist so geboren und daran wird sich nichts ändern, wer soll denn da gewählt werden". „Aber General, das Volk wird die wählen, die die besten Ideen haben, wie es zum Beispiel den Arbeiterinnen und auch deinen Soldaten besser gehen kann." „Dann stehen meine Meinungen gegen die deinen. Soll das etwa heißen, dass das Volk sich selbst wählen will? Nein, sie werden jene wählen, die sie sicher durch die Katastrophe und alle anderen schwere Zeiten geführt haben, und das bin erstmal ich, der, der im Auftrag der Königin das Volk schon immer zum Fortschritt und zum Wohlergehen geführt hat. Und die Königin kann doch keiner abschaffen. Die, die für das Leben und den Nachwuchs sorgen muss und immer gesorgt hat. Wenn viele was zu sagen haben wollen, dann gibt es Zank und Streit, keiner achtet mehr auf die Sicherheit und ein Feind hat leichtes Spiel uns zu überfallen und zu vernichten. Lasst mich das nur machen, und du wirst sehen, dass es so am besten ist, wie es ist. Auch in einer Demokratie, so wie du sie willst, kann nicht jeder machen was er will. Da werden Gesetze gemacht, die für Ordnung und Sicherheit sorgen sollen. Und diese Gesetze sind nichts anderes als meine jetzigen Anweisungen. Wenn du kluge Ideen hast, dann kannst du sie mir ja mitteilen. Ich habe dir immer zugehört und immer abgewogen was gut und nützlich ist für unser Volk. Das hat schon immer meine Politik bestimmt. Dir geht es doch gut bei mir. Mir geht es auch gut. Ich brauche keine andere Meinung. Unser System wird sich immer halten, weil auch die gemeine Ameise am Gewinn beteiligt wird. Also halte dich zurück und wiegle das Volk nicht gegen mich auf. Sonst muss ich hart gegen dich vorgehen".

„General, die Zeit wird entscheiden wie sich unser Staat entwickelt, und ich werde meine Augen immer offenhalten und verfolgen was passiert".

„Ja, tue das, und lass uns jetzt wieder zur Tagesordnung übergehen.

Der General lies Baldur einfach stehen und verschwand in der Burg. Es gab noch viel zu tun. Die Königin war überstürzt in ihre Gemächer eingezogen. Daher war alles nur provisorisch eingerichtet. Nun begannen die Arbeiterinnen mit der Ausgestaltung der Räume. Die Brut, die die Königin schon lange mit sich führte, musste gepflegt und versorgt werden. Dazu reichte erstmal Wärme und Speichel der Bediensteten der Königin damit sich die Larven entwickeln.Der General ließ sich von der sogenannten Architektin den Bauplan der gesamten Burg vorlegen und prüfte alle Gänge und Räume nach dem Stand der Umsetzung. Plötzlich wurde er laut." Was hier total fehlt ist ein Fluchtwegeplan. Überarbeitet das Projekt noch einmal und legt mir den Plan bis morgen Früh vor. Wie kann man nur das wichtigste außer Acht lassen. Wolle soll die Bauleitung übernehmen." Er ging alle bisher gegrabenen Gänge ab und machte sich Notizen über den Stand der Arbeiten, und welche noch durchzuführen sind. Für die Arbeiterinnen schienen ihm die bisher geschaffenen Räumlichkeiten zu klein. Wer hart arbeitet soll auch gut versorgt und untergebracht sein. Er wusste, mit dieser Auffassung würde er bei Baldur Zustimmung finden. Auch an der Unterkunft für die Soldaten hatte er noch einiges zu bemängeln. Er hatte in den letzten Tagen kaum geschlafen. Jetzt übermannte ihn die Müdigkeit und er beschloss sich in sein Dienstzimmer zur Ruhe zu begeben. In der ganzen Burg wurde es ruhig. Auch Walnuss nutzte die Gelegenheit sich seinen Schlafplatz einzurichten und zu ruhen.

Diese plötzliche Stille in der Burg hatte etwas Unheimliches. Walnuss fand keinen Schlaf, stand auf und ging durch die Gänge, wo seine Soldaten sich auch einen ruhigen Platz ausgesucht hatten und an ein paar Wurzeln nagten. Walnuss ging zur Königin um sich dort umzuschauen. Auch hier war es ruhig. DieKönigskammer war schon gut eigerichtet, aber irgendetwas schien nicht zu stimmen. Jetzt wurde ihm klar was fehlte. Die Königskammer endete in einer Sackgasse. Das geht ja gar nicht! Da sitzt die Königin bei Gefahr ja in der Falle! Er rief die Architektin zu sich und erkundigte sich über den Fortschritt bei den Arbeiten für die Notausgänge. „Ja, im Plan ist es vorgesehen, aberwir sind noch bei dem Arbeiten. Wir graben uns von hinten heran, um die Königin nicht zu arg zu stören," sagte die junge Architektin. Die Königin schlief fest und hatte die Unterhaltung nicht wahrgenommen. Wolle ging wieder zu seinem Lager zurück und hoffte, dass er doch noch ein bisschen Schlaf findet.

Am nächsten Morgen sah alles schon viel freundlicher aus. Die Arbeiterinnen begannen mit den weiteren Grabungen und brachten das Erdreich auf die Burg, die zur Freude aller sichtlich immer höher wurde. Auch der General erschien ausgeruht bei den Arbeiterinnen, machte ein paar witzige Bemerkungen zu deren Aussehen, nahm eine Schaufel in die Hand und stieß diese mit harter Hand in den Boden. Der Boden war hart und steinig, und dann noch die Baumwurzeln, die das schnelle Vordringen behinderten. Aber das Wurzelgeflecht war wichtig für die Stabilität der Burg. Die Arbeiterinnen schauten dem General vergnügt zu und lachten als er genervt die Schaufel in die Ecke warf. „Ja, ich weiß, wie hart die Arbeit ist, und ich weiß das auch wertzuschätzen. Wenn die Burg fertig ist werde ich mich euch persönlich erkenntlich zeigen." Das waren aufmunternde Worte, die die Arbeiterinnen anspornten gleich mit voller Kraft weiter zu graben.

Jetzt tauchte auch Wolle wieder auf. Als er den General sah, lies er ihn wissen, dass noch einiges mehr zu tun ist, als bisher geplant. „General, wir brauchen noch ein zweites Königsgemach. Wenn wir auf unseren Streifzügen eine Königin antreffen, und wir sie mitnehmen, dann muss sie bei uns auch sicher unterkommen. Es ist immer gut eine Königin in Reserve zu haben. Unsere Königin Ladina ist ja immer noch nicht so fit, dass sie Ihre Aufgaben voll wahrnehmen kann". „Ja, Wolle , du hast Recht. Auch daran müssen wir denken".


Die Soldaten waren schon in großer Aufregung. Die erste Erkundungstour stand an. Voller Tatendrang formierten sie sich vor der Burg als wollten sie zu einer Parade. Sie hatten schon viele Expeditionstouren miterlebt. Es gab immer ein Ziel oder sogar einen Feind. So eine Expedition ins Nichts hatten sie noch nie erlebt. Aber es ist immer einmal das erste Mal. Nehle, der Stellvertreter von Wolle stand in der ersten Reihe und erwartete die Befehlsausgabe für den Tag. Wolle hielt Nehme für geeignet diesen Erkundungstrupp zu führen und erteilte den Befehl: „Der Trupp soll in erster Linie nach Gewächsen suchen, die sich als Nahrung für die Ameisen eignen. Weiterhin habt ihr alles im Auge zu behalten, wo sich was bewegt. Fremden, die Ihr antrefft, solltihr euch nur entgegenstellen, wenn ihr selbst in der Übermacht seid. Bei fremden Soldaten werden keine Gefangenen gemacht. Arbeiterinnen aber sind uns willkommen. Der Trupp setzte sich in Bewegung. Die, die da fortgingen waren die Hälfte der dreißig Soldaten, die der General noch besaß. Aber es waren harte Kämpfer, die es auch mit mehreren Gegnern gleichzeitig aufnehmen konnten. Das wichtigste ist aber, dass sie alle gesund wieder zurückkehren, denn keiner weiß welche Gefahren auf sie in dieser verbrannten Welt lauern. Unterdessen gingen die Arbeiten an der Burg weiter. Wolle überwachte jeden Arbeitsgang der Arbeiterinnen und hatte immer den aktuellsten Bauplan in der Hand. Jede Kaste, in die die Arbeiterinnen eingegliedert waren, ob Kundschafter Jäger, Sammler, Pflegepersonal, Bedienstete der Königin, Futterverwertungs- und Lagerarbeiter sollen ihren eigenen Bereich in der Burg erhalten. Noch fehlten die dafür vorgesehenen Ameisen, aber das wird sich ändern, und was nicht aus eigener Brut hervorgeht wird anderwärtig beschafft. Für die Soldaten gab es die großzügigeren Schlaf- und Aufenthaltsräume. Die Soldaten waren die Elite der Burg und immer für die Sicherung von Ordnung innerhalb und außerhalb der Burg zuständig. Dafür wurden sie auch mit einem höheren Verpflegungssatz belohnt. Die Arbeiterinnen waren nicht mit viel Denkvermögen ausgestattet. Sie konnten nicht wie die Soldaten strategisch denken. So nahmen sie die schlechtere Behandlung und Unterdrückung als von Gott gewollt hin, rebellierten nicht und erfüllten gehorsam die ihnen auferlegte Pflicht.

Wolle stand auf der höchsten Stelle der Burg und blickte in die Richtung in der er den Trupp losgeschickt hatte. Soweit hatten sie sich noch nie von der Burg entfernt. Hoffentlich ist nichts Schlimmes passiert. Es dämmerte schon und auch der General wurde immer nachdenklicher. Doch dann die Entspannung. Wolle entdeckte den anrückenden Trupp in weiter Entfernung. Aber was war das? Das waren doch mehr als die Soldaten, die er losgeschickt hatte. Sicherheitshalber rief er den Alarm in der Burg aus. Das bedeutete, dass alle Zugänge versperrt und gesichert wurden. Gespannt verfolgte er weiter das Näherrücken seiner Soldaten. Jetzt konnte er schon mehr erkennen. Seine Soldaten trugen ihre Waffen lässig auf den Rücken und führten eine Gruppe verwahrloster fremder Ameisen mit sich. "Oh, mit einem Beutezug habe ich nicht gerechnet, aber was einmal ist, soll auch von Nutzen sein. Der General war inzwischen auch auf der Burg aufgetaucht. Seine Bedenken konnte er aber schnell zerstreuen. Es waren alles Arbeiterinnen aus einem fremden Staat. Nehle berichtete voller Stolz, wie sie auf diese irr umherlaufenden Ameisen gestoßen sind. Sie kamen von einer entfernten Burg, die bei der Katastrophe völlig zerstört wurde. Die Ameisen hatten Verbrennungen am ganzen Körper. Sie schienen völlig ausgehungert zu sein. Der General betrachtete sie mit Skepsis. Ihm war sofort klar. Aus denen können wir keine Mitglieder unserer Gesellchaft machen. „Lasst sie in die Burg und gebt ihnen was zu Fressen. Sie sollen sich erst mal ausruhen. Bewacht diesen Bereich aber gut. Die Burg darf keiner von denen mehr verlassen. Für den General war klar. Die lassen wir arbeiten bis sie nicht mehr können, und dann soll sich die Gruppe Lager und Verwertung um sie kümmern. Es zeigt sich aber, dass es doch noch genügend Ameisen auf diesen Planeten gibt. Am nächsten Morgen schaute sich Wolle die Ameisen, nach dem sie gesäubert waren, genauer an. Soldaten waren nicht unter ihnen, das konnte er leicht feststellen. Er ließ die Gruppe antreten und führte sie zu den Königskammern. Dort sollen sie die Gänge nach einem geheimen neuen Plan graben. Außer dem Personal der Königin und die Männer vom Hofstaat sollte sich keiner der Burgbewohner in diesem Labyrinth auskennen und allem Eindringlingen musste der Weg zur Königin verwehrt werden, denn Königsraub war ein begehrtes Ziel moderner Kriegsführung. So wurden in einigen Gängen Fallen eingebaut. Aber auch neugierige einheimische konnten in die Falle geraten. Ein Geruchscod, den nur wenige Auserwählte kannten, führten auf den sicheren Weg. Der General hatte alles Geschehene mit der Königin abgesprochen, und sie gab ihm grünes Licht für weitere Expeditionszüge. Das wollte der General nur hören. Auch Wolle nahm diese Nachricht mit Wohlwollen zur Kenntnis. Was gibt es schöneres als auf Beutezug zu gehen! So, jedenfalls fasste er den Erkundungsauftrag auf. Nehme hatte von seiner letzten Tour berichtet, dass er in zwei Stunden Entfernung eine kleine grüne Oase entdeckt hatten. Welch eine Augenweide. Hier wuchs Grünzeug über einen halben Meter hoch, umringt von hohen abgestorbenen Bäumen.

Er schwärmte von seinen Ideen, diese Oase zu erweitern und richtige Felder anzulegen. „Beim nächsten Gang werden wir Arbeiterinnen mitnehmen, die von dem Grünzeug, was sie tragen können, zur Burg bringen. Außerdem nutzen wir diese Stelle um uns während längerer Märsche dort auszuruhen und zu stärken". Doch jetzt wurde er auch nachdenklich. Wenn andere dort auftauchen, die die gleichen Ansprüche haben, wird es ernst. Für uns Soldaten bedeutet das den Kampf auf Leben und Tot. Aber wenn wir fremde Arbeitsameisen erwischen kann das auch ein Gewinn für uns sein. Wenn wir ihnen von unserem schönen Zuhause erzählen, dann kommen sie freiwillig mit uns". Wolle hörte sich den Lobgesang seines Gruppenführers an, und kam fasst selbst ins Schwärmen.Ja, immer bringt uns neue Arbeiterinnen. Die sollen unser Volk groß und stark machen."

Baldur kannte nicht die Baupläne des Labyrinths und die Soldaten ließen ihn auch nicht in die Nähe der Baustelle. Er sollte die Königin mit seinem Gefasel von Recht und Freiheit nicht belästigen. Vor allem durfte er die versklavten Arbeiterinnen, die in den Gängen unter miserablen Bedingungen gruben, nicht sehen. Das hätte ihn aufgebracht. Baldur lag ja oft in Konfrontation mit der Obrigkeit. Aber er würde sein Volk nie verraten. Er betrachtete sich eher als deren ideologischen Beschützer. Als Wolle auf der Baustelle auftauchte, ging Baldur schnell weiter. Er dachte sich: „Jemanden dermich nicht mag, den gehe ich lieber aus dem Weg". Das war auch gut so, denn Wolle mochte es nicht, wenn Baldur überall herumschnüffelte.

Baldur kam zu den Soldatenunterkünften. Mit den Soldaten konnte er immer über alles reden. Aber er wusste auch, dass diese sich nicht von seinem philosophischen Gefasel beeindrucken ließen. Das amüsierte sie nur. Er fand die Soldaten in fröhlicher Runde geheimnisvoll aneinandergedrängt sitzend. Baldur schaute ihnen über die Schulter und sah, dass jeder einen Becher in der Hand hielt aus denen ein merkwürdiger Geruch emporstieg. Schon wurde ihm ein Becher zugereicht, mit der Aufforderung einen kräftigen Schluck zu nehmen. Erst als die Soldaten auch zum Trinken ansetzten nahm auch Baldur einen kleinen Schluck. „Pfui, das schmeckt ja ekelhaft". „Ja, Baldur, das schmeckt noch nicht so wie es sein sollte. Aber wir arbeiten daran, und bald werden wir es hinbekommen ein vernünftiges Bier zu brauen". Nehle führte Baldur in eine abgelegene Kammer. In einem Behälter gehrte etwas. Es stank fürchterlich. Nehle sagte:" Wenn das ausgegoren ist, dann stinkt das nicht mehr, und wir können es trinken. Es reicht natürlich nicht für alle. Deshalb müssen wir es noch geheim halten. „Wo holt ihr denn die Zutaten her," wollte Baldur wissen. „Oh, wir haben nicht weit von hier eine kleine Oase gefunden. Dort wächst schon erstes Grün, und das vermehrt sich schnell. Es sind schon wieder ein paar Sol-daten daten auf dem Weg um frisches Grün zu holen." „Aber Nehle, Wir müssen Knochen von fremden Ameisen abnagen und ihr verarbeitet das wenige Grün zu Alkohol. Ist das nicht frevelhaft." „Nein Alkohol ist gesund, schaltet das Denkvermögen ab, und regt zu Höchstleistungen an. Das ist ein Zukunftselixier. Erst kommen der Genuss und dann die Moral." Baldur wandte sich empört ab und ging weiter den Gang entlang. Er vernahm Arbeitsgeräusche und wollte den Dingen auf den Grund gehen. Plötzlich versperrte ihm ein Soldat den Weg. „Hier kannst du nicht weiter. Das ist Sperrgebiet, und der Zutritt ist nur den Arbeiterinnen erlaubt, die hier arbeiten. Das wird das Labyrinth der Königin". „Wo sind denn die Ameisen, die Nehme neulich mitgebracht hat?" „Ach, die haben wir wieder fortgejagt. Die waren krank und schwach. Wer weiß, was die uns eingeschleppt hätten. Vielleicht sind sie schon bei den Großköpfen und liegen bei denen in der Bratpfanne". Baldur schüttelte ungläubig den Kopf und ging weiter nach draußen, um sich die Burg von außen anzusehen. Es war schon beeindruckend, wie die Höhe der Burg Zusehensständig zunahm.

Wolle war in Sorge. Ein kleiner Trupp von Arbeiterinnen, begleitet von einigen Soldaten war früh aufgebrochen um von der Oase frisches Futter zu holen. Es war schon spät am Abend und sie waren noch immer nicht zurückgekehrt. Auch der General hatte bemerkt das der Trupp überfällig ist, und er überlegte, ob er ihnen ein paar Soldaten entgegenschicken sollte. Doch das war nicht nötig denn ein Wachposten meldete die Ankunft der Vermissten an. Wolle ging auf die Burg und zählte durch und nickte zufrieden. Es waren alle wieder vollzählig angekommen, doch ohne etwas Fressbaren. Was war geschehen? Ein Soldat berichtete, dass die Oase vollständig abgeerntet gewesen war, und sie noch weiter gelaufen sind um eine neue Oase zu finden. Aber die Zeit war zu kurz um noch weiter zu laufen, und so mussten sie umkehren. Der General war dazugekommen und hatte alles mit angehört. Er rief erschüttert. „Jetzt haben wir es doch noch mit. feindlichen Lebewesen zu tun. Wenn es die Großköpfe nicht waren, wer dann?" Die Soldaten hatten keinerlei Spuren oder andere Hinweise gefunden. Schleifspuren waren auch nicht zu sehen. Es müssen viele kleine und leichte Ameisen gewesen sein, die das alles in kurzer Zeit weggetragen hatte. „Es ist eine Gemeinheit platzte es Wolle heraus. Wir gehen sparsam mit diesen Ressourcen um und andere machen das alles radikal platt. „Wir müssen dort einen Stützpunkt errichten und die Oase ständig bewachen. Die Wurzeln sind ja noch vorhanden, und daraus wird wieder neues Grün erspießen". Er dachte natürlich auch an die Brauer, die nun keinen Nachschub mehr bekamen.

Wolle beauftragte Nehle alles Mögliche zu organisieren um schnellstens einen Wachposten in der Oase einzusetzen. Wir können uns Zeit lassen um einen festen Stützpunkt einzurichten, denn die werden erst wiederkommen, wenn das Grün wieder erntereif ist, denn wenn das kleine Tierchen sind, dann werden sie es nicht wagen sich mit uns anzulegen. Und wenn doch, dann machen wir fette Beute. Dann ist eben wieder Fleisch auf der Speisekarte. Sind wir ja schon gewohnt." Der General nickte schweigend mit bitterer Miene und machte sich auf den Weg zur Königin, um ihr über alles Geschehene in letzter Zeit zu berichten und sie über die Pläne in Kenntnis zu setzen. Wolle hatte längs mitbekommen, was einige Soldaten so nebenbei trieben, und hatte sich Nehle zur Brust genommen. Der musste alles eingestehen. Aber warum großes Aufsehen machen, wenn er doch selbst dieses Getränk liebt. Er ging in die abgelegene Vorratskammer, wo ihm schon beim Näherkommen den aufdringlichen Geruch der gärenden Masse in die Nase stieg. Aber es gab noch nichts Trinkbares. Wolle ging weiter und nahm sich vor, in der nächste Zukunft den Weg zu der Braustube zu meiden. Wenn der General etwas bemerken sollte, dann wollte Wolle von all dem nichts gewusst haben. Der General wird ja auch mal auf den Geschmack kommen und Wolle dann zu einem Trunk einladen. Vorläufig gibt es sowieso keinen Nachschub für die Brauer. Die Versorgung des Volkes mit Fressbaren hat erstmal Vorrang. Wolle trat an die Leiterin der Ernteameisen Lorin heran und sprach sie an. „Wir können nicht warten bis wieder was in der Oase wächst. Zum Glück sind im Lager noch Samen vorhanden mit denen wir in der Nähe der Burg ein Feld anlegen können. Ein Versuch ist es wert." „Ja, sagen sie es den Arbeiterinnen."

„Wir sind Ernteameisen und keine Ackerbauern", betonte die Leiterin der Ernteameisen Lorin. „Das gilt von dem Tag an, wo wir unsere alte Struktur wiederaufgebaut haben. Jetzt seid ihr alle Arbeitsameisen und ihr habt jede Arbeit auszuführen. Das hat doch die Königin in ihrer letzten Rede klargestellt. Wenn ihr von mir keine Aufträge entgennehmen wollt, dann werde ich es dem General melden. Der findet härtere Worte gegenüber Befehlsverweigerern. Nehle wird euch noch heute sagen, was ihr zu machen habt.

In der Burg war es ruhig. Aber es lag eine Spannung in der Luft. Der General grübelte vor sich hin. Was sind das für Ameisen? Können die uns gefährlich werden, wenn sie in großer Masse antreten? Wie kämpferisch sind sie? Auch wenn wir sie in einen Kampf besiegen, dann haben wir auch Verluste, und die können wir uns nicht leisten solange wir noch zu wenig Soldaten haben. Wenn sie so viel Grünzeug auf einmal wegtragen können, dann können sie nicht weit von uns sein. Vielleicht haben sie sich in unsere alte Burg eingerichtet. Wir haben zwar fast alles zerstört, aber sie können das schnell wieder freigelegt haben. Ich werde morgen in aller Frühe zwei Späher hinschicken um die Sache auf den Grund zu gehen.

Während dessen gingen die Arbeiten am neuen Stützpunkt in der Oase weiter voran. Die Arbeiterinnen übernahmen gleichzeitig die Rolle von Soldaten. Dafür mussten sie an Kampfausbildungen bei Nehle regelmäßig teilnehmen. Jeder muss alles können, hatte die Königin ja bereits gesagt. Sie mussten immer bereit sein zu einem unvermeidbaren Gefecht mit einem noch nicht identifizierten Gegner. Eine Arbeiterin fungierte als Melder. Sie war ständig unterwegs zwischen der Oase und der Burg.Als sie wieder mal in der Burg ankam, hatte sie keine Neuigkeiten zu vermelden. Das hatte der General auch noch nicht erwartet. Er musste erst mal herausfinden wo sich die Ameisen aufhalten. Auf der Burg meldete sich ein Wachposten In sichtbarer Entfernung hat sich auf einen Aschehügel etwas bewegt. Der General befahl Wolle, mit zwei Soldaten sofort in diese Richtung zu gehen und das gesehene zu überprüfen. Wolle nahm sich zwei kräftige und zuverlässige Soldaten und umkreiste die vermeintliche Stelle, die der Wachposten angegeben hatte. Inzwischen waren auch die Späher, die Wolle zur alten Burg geschickt hatte wieder auf den Rückweg zur Burg. Diese hatten die Fremden aufgescheucht und direkt in die Arme von Wolle getrieben. Es waren drei Kundschafter des vermuteten kleinen Ameisenvolkes. Sie ließen sich widerstandslos festnehmen und zur Burg führen. Auf diesen Augenblick hatte der General nur gewartet. Jetzt konnte er endlich die Situation aufklären. Es waren kleine ängstliche Geschöpfe die vor dem General standen. Er hatte noch nie eine Ameise dieses Volkes gesehen. Sie müssen von sehr weit hergekommen sein. Sie hatten aber ähnlich gleiche Gebaren, wie die in der hiesigen Umgebung. Der General hörte sich die Geschichte der Rotköpfe, wie der General sie gleich benannte, wegen Ihrer rötlichen Kopfbehaarung an. Sie waren sehr redselig und glaubten als Freunde empfangen zu werden. Sie berichteten, wie sie nach der Katastrophe auf die Suche nach einer neuen Heimat aufbrachen. Ihre Königin hatte das Unheil nicht überlebt, und so glaubten sie einen Staat mit einer Königin zu finden, dem sie sich anschließen können. Der General spielte das Spiel eine Weile mit bis er sicher war, das von ihnen keine Gefahr ausging. Es sind mehr als wir aber sie zeigen sich unterwürfig. Gedanken machte sich der General aber über die Versorgung der zusätzlich vielen Neuankömmlinge. Nach dem sie die Oase abgeweidet hatten, waren sie nicht wiedergesehen wurden. Hatten sie etwa noch eine andere Oase entdeckt? Das musste der General noch herausfinden, denn darüber haben die Gefangenen geschwiegen. „Wir nehmen die drei Rotköpfe erst mal als Gäste bei uns auf, lassen sie aber nicht mehr weg. Die Späher, die schon mal an der alten Burg waren sollen dort weiter alles beobachten." Sagte der General zu Wolle und wandte sich ab, um mit der Königin über die neu anstehenden Maßnahmen zu beraten. Die Königin und der General waren sich einig darüber, dass wir erst mal herausfinden müssen, ob es noch andere Oasen in unserem Lebensraum gibt, und wie wir diese nutzen können bevor wir das Kriegsbeil ausgraben. Für alle ist die Versorgung bisher nicht gesichert, und warum andere durchfüttern, wenn das eigene Volk darben muss.

Der General betrachtete die Königsgemächer und war beeindruckt darüber, was die Arbeitssklaven in kurzer Zeit vollbracht hatten. Es wurde Zeit, dass die Königin für Nachwuchs sorgt. Wenn sie stirbt, ohne eine neue Königin zu zeugen, dann wird unser Volk trotz unseres neuen schönen Zuhauses untergehen. Wenn die Gemächer fertig sind, dann müssen die Arbeitssklaven für immer verschwinden. Sie wissen zuviel über das Labyrinth, was sie nicht nach außen tragen dürfen. Nehme muss sich baldigst darum kümmern.

Wolle führte die Gefangenen in eine Arrestzelle im Soldatentrakt und versuchte Geheimnisse aus ihnen herauszulocken. Ein Bier wird ihre Zunge lockern, dachte Wolle, und setzte sich mit ihnen in die Braustube zu anderen Soldaten. Nehle war neugierig auf die Gefangenen und tauchte plötzlich in der Braustube auf. „Komm Nehme, trink mit uns ein Bier." „Nein danke, ich habe keinen Durst". „Aber Nehme, man muss auch mal ein Bier trinken, wenn der andere Durst hat. Schließlich sind wir Freunde." „Na gut, aber nur einen kleinen Schluck, damit du Ruhe gibst."

Die Feuchtigkeit ließ nach, und der General überlegte, wie er das Volk mit Wasser versorgen kann. Sie konnten sich ja nicht auf regelmäßige Regenfälle verlassen. Die Bäume, die mal an der neuen Burg standen, waren Eisenblattbäume. Die Blätter waren hart wie Blech und für Ameisen nicht verdaubar. Solche Blätter fanden sie bei den Grabungen beim Burgenbau. Der General hatte eine geniale Idee. Wir bauen viele Blätter an der Burg aufrecht auf und stellen Behälter darunter. Diese werden den Morgentau aufnehmen und wir haben immer für alle reichlich zu trinken. Kaum gedacht, so kam schon der Befehl an die Leiterin der Ernteameisen diese Idee sofort umzusetzen. Das Trinken war erstmal gesichert, aber die Versorgung mit Grünzeug war noch immer das Problem, was dem General immer wieder Kopfschmerzen bereitete. Wir müssen noch eine oder mehrere Oasen finden.

Aus den Gefangenen war nichts herauszuholen. Sie schwiegen weiter zu ihren Einkommensquellen. Die Späher, die der General losgeschickt hatte um die alte Burg zu beobachten, müssen es schnell herausfinden.

Das Wetter ist ideal. Warum sollten sich nicht weitere Oasen aus dem mit Asche übersäten Boden entwickeln. Wir werden Schlitten bauen und einen Fuhrpark einrichten. So können wir in Kürze schnell und viel transportieren. Der General beriet mit Wolle über das weitere Vorgehen. Wolle machte den Vorschlag, den Rotköpfen das Futter, was sie ran tragen zur Hälfte abzunehmen und sie dafür vorerst in Ruhe zu lassen. „Eine gute Idee", sagte der General, „aber warten wir erstmal ab, was unsere Späher herausfinden.

Die Antwort kam schneller als erhofft. Die Späher hatten einen Transport der Rotköpfeschon weit vor der alten Burg mit Grünzeug entdeckt, und die schwer beladenen Ameisen zur neuen Burg dirigiert, ohne dass die auf der Rotkopfburg etwas mitbekamen. Es waren zähe Brüder, die in der Lage waren das sechzigfache ihres Körpergewichtes zu tragen. Deshalb benutzen sie auch keinen Schlitten für den Transport ihrer Güter.

„Welch eine Überraschung", rief der General laut heraus. „Schnell damit in die Lagerhalle und das Zeug fermentieren. So bleibt es lange haltbar". Diesen Auftrag erfüllte Nehle gern, denn dann konnte er etwas für seine Brauerei abzweigen, und den Brauvorgang weiterführen. Nehle hatte dafür extra einen Raum abgeteilt, und den Eingang getarnt. So brauchten sie sich vor niemanden zu rechtfertigen. Vor allem braucht Baldur nicht zu wissen was hier verarbeitet wird. Es war auch gut so, dass Baldur nicht in der Nähe war, denn im Lagerraum lagen auch noch ein paar ausgemergelte Ameisensklaven herum, die schnell in die weitere Verarbeitung mussten. Die Soldaten wussten woher die kamen, aber sie waren zum Schweigen verurteilt.

Der General freute sich über den Futterzuwachs, aber er schickte auch gleich wieder Späher an die alte Burg, denn er wusste noch immer nicht, wie viele Rotköpfe dort waren. So lange wie die keine Königin hatten, waren sie nicht gefährlich, aber beim Fressen hört alle Freundschaft auf, hatte der General oft gesagt.

Bisher hatte niemand die Grenzlinie zu den Großköpfen überschritten und durch die ständig neuen Ereignisse im neuen Burgenland hatte auch keiner mehr an die Erzfeinde gedacht. Was wird, wenn sie bis heute nichts zu fressen gefunden haben, oder, wenn sie in Erfahrung bringen, dass es in unserem Hoheitsgebiet Oasen gibt, die für ständigen Futternachwuchs sorgen. Werden sie sich dann noch an unsere Vereinbarungen halten? Der General mahnte immer wieder zur Wachsamkeit. Die Grenze muss immer bewacht werden um zu verhindern, dass Agenten sich hier einschleichen. Bisher sind wir noch nicht so viele, und jeder kennt den jeden. Wenn wir aber immer mehr Fremde bei uns aufnehmen, werden wir den Überblick verlieren. Er rief Wolle zu sich und erkundigte sich über den Zustand der Rotköpfe." Wir müssen die Rotköpfe in unseren Sinn in unsere Gesellschaft der Blauköpfe mit beschränkten Freiheiten eingliedern. Die sind ungebildet und dumm, und sie werden das tun, was wir von ihnen verlangen. Da gibt es einen Pilz, der Ameisen, wenn sie diesen Pilz in gegorener Form verspeisen, völlig willenlos macht und für immer den, der ihnen das verabreicht als alleinigen Herren anerkennt. Wir nannten das damals Doping für das Volk. Wir müssen diesen Pilz finden. Er wächst im Wurzelwerk mancher Bäume, aber leider nicht bei uns unter den Eisenbäumen. Wolle, du musst unter den Bäumen, die an der Oase wachsen suchen. Nimm dir die Rotköpfe, die wir gestern gefangen haben mit. Die werden sich freuen eine Aufgabe zu bekommen und sich für uns nützlich zu machen." "Jawohl, General, Ich werde Lorin mit ein paar Ernteameisen morgen Früh mit den Rotköpfen losschicken um diese Pilze zu suchen."

Baldur schlich mal wieder durch die Gänge um nach den bierbrauenden Soldaten zuschauen. Er war zwar gegen die Verschwendung von Lebensmitteln, aber er war auch neugierig darüber, wie sich der Geschmack entwickelte. Als er Stimmen hörte, lauschteer versteckt den Gesprächen der Soldaten mit den gefangenen Rotköpfen. Er merkte recht bald, dass diese gar nicht so dumm waren wie er vom General gehört hatte. Wenn diese bei uns frei herumlaufen können, dann werde ich sie in Gespräche verwickeln um herauszufinden, wie sie ticken. Vielleicht kommen sie aus einer Gesellschaft, die ich immer anstrebe. Dann habe ich endlich Gleichgesinnte gefunden und kann meine Ideen von einer klassenlosen Gesellschaft überall verbreiten. Dann kann mich auch keiner mehr so einfach mundtot machen. Unentdeckt zog er sich vom Soldatenbau wieder zurück. Er hatte nun ein Geheimnis, das er hüten wollte, bis für ihm die Zeit gekommen ist.

Die Königin Ladina fühlte sich in ihren Gemächern recht wohl. Auch ihr Gesundheitszustand verbesserte sich ständig. Sie fühlte sich wieder in der Lage sich ihrem Nachwuchs zu widmen. Das musste sie dem General unbedingt mitteilen. Der General kam vom Routinegang zur richtigen Zeit bei der Königin an. "General, ich habe die Eier auch nach der Katastrophe gehegt und gepflegt und es scheint, dass wir sie noch zu Leben erwecken können. Wenn die Befruchtung noch wirksam ist, dann könnten sich sogar geschlechtsreife Weibchen entwickeln, und wir bekommen dann bald eine neue Prinzessin. Wenn nicht dann eben Männchen, und die können wir auch gebrauchen." "Ja Königin, wir brauchen beides, geflügelte Weibchen wie auch Männchen, die für einen Hochzeitsflug in Frage kommen. Von denen, die hier rumlaufen haben fast alle keine oder nur verbrannte Flügel, und ich meine auch verbrannte Gehirne". „Oh General, so schlecht sind unsere Ameisen doch auch nicht. Sie waren sehr fleißig und haben uns hier eine neue Heimat geschaffen. Bei der Futtersuche waren sie auch sehr erfolgreich. „Ja, Königin, aber das habt ihr meiner klugen und autoritären Führung zu verdanken". Aber die Zuversicht der Königin stimmte auch ihm glücklich. Jetzt können beide wieder weitsichtig in die Zukunft blicken unddie nötigen Schritte planen.

Den Vorschlag des Generals, die Rotköpfe in unser System teilweise zu integrieren fand auch die Königin gut. „General, schicke Wolle mit ein paar Soldaten in friedlicher Absicht in die alte Burg, wo jetzt die Rotköpfe wohnen. Als mein Vertreter soll er dort vor den Rotköpfen auftreten, und sie von unserer Idee des Zusammenlebens unter meiner Führung überzeugen. Da sie ja keine eigene Königin haben, werden sie sich mir gerne unterwerfen." „Ja, meine Königin, ich denke daran die Hälfte der Rotköpfe zur Futterbeschaffung einsetzen und die andere Hälfte als Soldaten ausbilden. Dann können wir auch besser unsere Grenzen sichern und uns unbeobachtet weiterentwickeln". „Bis das alles Wirklichkeit wird, muss es aber unser Geheimnis bleiben", warf die Königin noch ein. Dann zog sie sich in ihren Schlafraum sichtlich erregt zurück. Das war seit langen wieder mal eine lange und bewegende Unterhaltung. Jetzt brauchte sie erst mal Ruhe und Schlaf.

Wolle saß in seiner Kammer und arbeitete an seinem Konzept für den Vortrag vor den Rotköpfen. Er musste seine Rede vom General absegnen lassen. Ein Vertrag war nicht vorgesehen, da das wie eine feindliche Übernahme ohne eigene Verpflichtungen zu werten war. Er musste überzeugend wirken und alles so darstellen als wären die Rotköpfe die Gewinner dieser Aktion.

Wolle erwartete die Späher, die mit der Beschattung der alten Burg beauftragt waren. Er wollte erst die Lage klären bevor er dort als Wohltäter aufkreuzt. Ein Posten meldete auch schon das Eintreffen der Späher. Wolle ging ihnen erwartungsvoll entgegen. Es gab ja viel zu erkunden. Die Späher namens Nolke konnten nur Gutes berichten. „Wir sind einem Trupp der Rotköpfe gefolgt und sind auf eine weitere große Oase gestoßen. Nun wissen wir wo die ihr Futter herholen. Die Oase liegt in einer Entfernung doppelt so weit wie von uns zur alten Burg. Sie ist traumhaft schön und scheint sich immer weiter auszubreiten". Die Rotköpfe sind ein sehr ruhiges Volk. Es gab dort keine aufregenden Ereignisse." „Das hört sich gut an, Nolke. Damit sollte auch unsere Zukunft für immer gesichert sein. Morgen gehst du mit deinem Spähtrupp in offener Deckung zu den Rotköpfen und kündig ein Erscheinen für den nächsten Tag an. Alle Rotköpfe sollen sich nach Sonnenaufgang vor der Burg versammeln. Ich werde dort eine Ansprache im Auftrag der Königin halten. Ihr sichert mir den Rückzug. Wenn es Probleme gibt, dann wird der General mir Soldaten entgegenschicken damit ich heil wieder zurückkomme." „Keine Angst, Wolle. Die werden dir nichts tun. Sie müssen das erst mal alles verarbeiten. So schnell geht das bei den nicht." „Lassen wir uns überraschen. Hoffentlich geht alles gut".

Nolke, der Spähtruppführer, fand in dieser Nacht keinen Schlaf. Wie werden die Rotköpfe mich empfangen? Werden sie das tun, was ich ihnen mitzuteilen habe? Als die Sonne hinter den Horizont auftauchte, ging er zu seinen Spähern, die ihm begleiten sollten, und beriet mit ihnen, wie sie sich dort verhalten sollten um auch sicher wieder von denen wegzukommen. Als die Sonne schon voll zu sehen war, machten sie sich auf den Weg. Durch die Pheromonspur, die die Ameisen hinterlassen hatten, fanden sie schnell den Weg. Kurz vor der Burg der Rotköpfe begegneten sie einen Posten. Nachdem Nolke diesen über ihren Auftrag berichtet hatte, begleitete der Posten Nolke zur Burg. Aber keiner der Rotköpfe befand sich zuständig Nolke würdevoll zu empfangen. So sagte er jeder Ameise, denen er begegneten, was ihm Wolle aufgetragen hatte. Es wird sich sicherlich rumsprechen, und sie werden morgen früh schon aus Neugierde vor ihrer Burg sein. Damit hatte Nolke seine Pflicht erfüllt und ging mit seinem kleinen Trupp zurück zu seiner Burg. Dort angekommen berichtete er Wolle von seiner Begegnung mit den Rotköpfen. „Diese wirkten auf mich disharmonisch und wankelmütig. Sie sind leicht zu umgarnen. Wir werden mit ihnen leichtes Spiel haben." Das hörte Wolle gern. Da brauchte er sich nicht so anzustrengen und konnte sich kurzfassen. Noch einmal überdachte Wolle seine Rede und nahm sich vor, ohne schriftliches Konzept frei zu sprechen. Das würde bei den Rotköpfen Eindruck erwecken und seine Autorität hervorheben. Am nächsten Tag stand der General schon sehr früh am Morgen vor der Burg und wartete auf das Erscheinen von Wolle. Er hatte noch lange nachgedacht, ob er nicht selbst die die Rede vor den Rotköpfen halten sollte. Aber die Königin hatte ihn abgeraten. „Wenn dir dort was zustößt, dann fehlt mir hier mein ritterlicher Beschützer," hatte sie gemeint. So überließ er die verantwortungsvolle Aufgabe Wolle, der ja auch ein gewandter Redner und Taktiker war. Wolle hatte die Späher, die schon am Tag zuvor bei den Rotköpfen waren, schon mitgebracht und stand abmarschbereit vor der Burg. Nach einer kurzen Abstimmung mit dem General machten sie sich auch schon auf den Weg. Es war ein kühler und feuchter Morgen. Schweigsam liefen sie den Weg entlang.

Es hatte in der Nacht etwas geregnet, und die Asche klebte an ihren Füßen, was das Laufen noch beschwerlicher machte. Jetzt kam bei Wolle Nervosität auf. Seine Selbstsicherheit ging ihm etwas verloren, aber er hatte schon oft solche Situationen erlebt und dann, wenn es darauf ankam, alles mit Bravour gemeistert. Schon von weitem sahen sie, dass sich an der Burg der Rotköpfe was bewegte. Es hatten sich viele Ameisen an der Burg versammelt. Wolle war schon überrascht, wie viele das waren. Dabei wusste Wolle nicht, wie viele sich noch in der Burg aufhielten. Aber was er sah, waren nur Arbeiterinnen. Das hatte auch Nolke nach seinen Erkundungen so berichtet. Gab es bei denen keine Soldaten mehr, oder wo waren sie geblieben? Wolle war sicher, dass er zu den stärkeren gehörte und lies alle Furcht und Bedenken verschwinden. Jetzt war er an der Burg der Rotköpfe und sah sich umringt von mehreren hundert kleinen Geschöpfen. Nein, die konnten keinen Angst einjagen. Es waren scheinbar alles untertänige Arbeitsameisen. Vorsichtig bestieg er einen Podest ähnlichen Gegenstand, den Ameisen extra für ihn aufgestellt hatten, und blickte beeindruckt von den Disziplinen der Masse in die Runde. Er wartete auch nicht lange und begann sofort mit seiner Rede.


„Hallo ihr Lieben,

ich bin zu euch gekommen um Euch in eurer Burg, die ja mal auch unserer gewesen ist, herzlich zu begrüßen. Ihr ward lange auf der Suche nach einem sicheren Ort und hattet Glück hier ein schönes Zuhause gefunden zu haben. Ich übergebe euch die Baupläne der Burg, so wie sie einmal war, mitgebracht. So könnt ihr schneller die Gänge finden und wieder freimachen. Ihr seid ein kleines, aber so wie wir schon mitbekommen haben, ein fleißiges Volk. Wir freuen uns euch als Nachbarn zu haben. Meine Königin übermittelt euch die besten Grüße und möchte auch eure Königin sein. Bei uns hat jeder seine Aufgabe zu erfüllen, denn nur so kann eine intakte Gesellschaft funktionieren. Eure Aufgabe wird es sein Futter für uns alle von den Oasen zu beschaffen und zu konservieren. Ihr werdet in der Burg verschüttet noch einige Pilzzuchtanlagen finden. Die könnt ihr zur Versorgung wieder nützlich machen und uns etwas der Pilzbrut übergeben, so dass auch wir wieder einen Pilzgarten in unserer neuen Burg anlegen können. Dafür werden wir euch vor Feinden beschützen und euch helfen alle auftretenden Schwierigkeiten zu meistern. Das war das was ich euch mitteilen wollte. Nun sagt mir, was ihr davon haltet, und ob ihr diesen Weg mitgehen wollt". Die Rotköpfe schauten sich verunsichert gegenseitig an und zuckten mit den Achseln. Wolle bemerkte, dass sie führerlos waren, denn keiner trat von ihnen hervor. Wahrscheinlich hat deren Elite die Katastrophe nicht überlebt. Das war nur ein willenloses, nur nach Gefühlen lebendes Volk. Wolle war das so recht. Er brauchte ihnen keine Versprechungen zu machen. Die nahmen alles so hin, wie das Leben so spielt. Er wartete jetzt auch nicht mehr ab, ob sich einer zu Wort meldet und brach die Versammlung abrupt ab. Den Rotköpfen blieb nun nichts anderes übrig, als sich ihrem Schicksal zu fügen. Noch sichtlich verstört schauten sie den abrückenden Wolle und seinen Begleitern hinterher.

Wolles Mission hatte sich bereits herumgesprochen, und so verharrten viele erwartungsvoll vor der Burg bis Wolle mit seinen Spähern anrückte. Nun stand er wieder auf einer Anhöhe, wie auf einem Podest um allem zu berichten, was er mit den Rotköpfen ausgehandelt hatte.

Wolle fielen die Gefangenen ein, die noch immer in einer Zelle bei den Soldaten eingesperrt waren. Die waren zwar gut versorgt und saßen auch oft mit den Soldaten beim Bier zusammen und plauderten über allerlei Dinge, aber sie konnten die Burg nicht verlassen. Wolle hatte das Gefühl, das sich die Rotköpfe hier recht wohl fühlten, und sich nicht als Gefangenen sahen. Wolle rief Nehle zu sich. Sie berieten über das weitere Vorgehen. Nehme war oft bei den gefangenen Rotköpfen und meinte, dass diese uns zugewandt und vertrauenswürdig sind, und wir sie als Vermittler zu den Rotköpfen in dessen Burg einsetzen könnten. Sie sollten dort unsere Interessen vertreten und uns über alle Ungereimtheiten und Auffälligkeiten in deren Burg unterrichten. „Ja, Nehle, trink mit denen noch ein Bier und dann lass sie laufen." Den Soldaten passte das überhaupt nicht. Mit den Rotköpfen hatten sie immer viele Spielereien gemacht. Am liebsten spielten sie Mikado. Das war auch für die Rotköpfe sehr unterhaltsam, den bei ihnen gab es keine Soldaten, nur Arbeiterinnen, die stumpfsinnig ihren Verpflichtungen nachgingen. Das ist das was wir so als Nachbarn akzeptieren können, dachte Nehle und verabschiedete die Gefangenen mit freundlichen Worten.


In der letzten Zeit rissen die Kontakte zu den Großköpfen weiter ab. Sie kamen nicht mehr zu den monatlich vereinbarten Treffen. Es gab Anzeichen dafür, dass die Großköpfe mit den derzeitigen Verhältnissen zwischen den Lagern nicht mehr zufrieden waren. Sie hatten mitbekommen, wie sich der Einflussbereich der Blauköpfe in letzter Zeit bedeutend vergrößert hatte und sich die größten Lebensmittelvorräte, vor allem auf die Oasen bezogen, im Machtbereich der Blauköpfe befanden. Es wurden immer wieder Spähtrupps des Feindes, vor allen in der Nähe der Oasen entdeckt. Aber sie waren auch schnell wieder verschwunden. Der General kannte die Strategie der Großköpfe. Wenn es ihnen nicht gut geht, dann gehen sie in die Offensive, jedem Abkommen zum Trotz." „Uns geht es gut, und das provoziert Neid, und aus Neid wird schnell Hass", dachte der General und machte sich auf den Weg zur Königin. „Wir stehen kurz vor einen neuen Krieg" sprudelte es aus ihm heraus. „Es geht wieder mal um Rohstoffmärkte." „Oh, General, wir müssen behutsam Vorgehen und uns nicht provozieren lassen. Schicke ein paar Späher in ihre Nähe und erkunde, was sich dort zurzeit abspielt, und ob es Anzeichen für eine Kriegsvorbereitung dort gibt." Plötzlich kam Wolle erregt in den Raum. „Wir haben zwei Späher der Großköpfe in unserem Territorium gefasst. Der General sollte sofort kommen und das Verhör selber führen. Wir haben sie vor der Burg sicher festgesetzt. Sie bestehen darauf nur mit dem General zu reden." Das können sie haben", sprach der General und verließ die Königin mit den Worten. „Ich bin gleich wieder da". Einer der Gefangenen war für den General kein Unbekannter. Es war Lote, ein Truppführer der Großkopfe persönlich. Er hatte den schon mal bei einem Treffen mit den Großköpfen gesehen. Der General begrüßte die Gefangenen und zeigte sich ihnen gegenüber sehr freundlich. „Oh, wen haben wir denn da! Warum seid ihr hier?" „Ja, das ist eine gute Frage", sagte Lote. „Wir sind auf der Suche nach Essbaren und haben uns wohl verlaufen. Wir haben nicht mitbekommen, dass wir in eurem Gebiet sind." „Ja das kann schon mal vorkommen. Aber jetzt habt ihr verstanden, wo ihr seid und werdet euch in Zukunft besser bewegen. Aber sagt mir noch wie es euch zurzeit geht. Wir haben es ja alle in dieser Zeit nicht leicht." Lote überlegte lange was er darauf antworten sollte. „Ja, es geht uns so wie auch euch." Mehr hatte der General auch nicht erwartet. Er nahm Wolle kurz beiseite. „Wir lassen sie laufen. Begleite sie bis zur Grenze und versuche in freundlicher Art mehr aus ihnen herausbekommen." Dann wandte er sich wieder den Gefangenen zu und verabschiedete sie mit den Worten „Grüßt eure Königin Viola recht herzlich von uns und kommt mal wieder zum vereinbarten Treffpunkt bei einem Schlückchen Bier, was wir jetzt auch brauen können". Sichtlich verstört standen die Großköpfe auf und liefen Wolle hinterher. An ihrem Blick hatte der General sofort erkannt, dass sie nicht die Wahrheit gesagt hatten. Sie werden ihrer Königin bestimm von den Rotköpfen, sie sie bei uns in der Nähe gesehen hatten, berichten. Aber er ließ sie gehen, weil er keinen Konflikt provozieren wollte. Der Nächste Weg war der zur Königin. Die hatte ihn schon erwartet. Sie hätte auch nicht anders gehandelt, betonte sie und veranlasste eine außergewöhnliche Sitzung mit allen militärischen Führern. „Wir müssen die Initiative ergreifen und taktisch vorgehen. Ich erwarte eure abgestimmten Vorschläge in der nächsten Woche".

Der General hatte da schon seine Ideen. Wir werden es so machen wie ich es auf der Militärschule gelernt habe. Sie müssen der Königin einen Plan vorlegen, der langfristig aufgebaut ist und sicher zu Erfolg führt. Er rief seinen Stellvertreter Wolle, den Stellvertreter von Wolle, Nehle und den Leiter des Spähtrupp Nolke zu sich, um mit ihnen seine Ideen zu beraten. Der General war in seinem Element. Von einer solch großen strategischen Aufgabe hatte er schon lange geträumt. Er ließ jetzt seinen Gedanken freien Lauf. „Ich gehe davon aus, dass es den Großköpfen zurzeit nicht so gut geht. Es wird sich bei denen auch schon rumgesprochen haben, dass wir die Katastrophe besser überwunden haben und gestärkt aus der Kriseherauskommen sind. Die Großköpfe haben nur eine Möglichkeit aus dem Schlamassel herauszukommen. Sie müssen einen Eroberungskrieg gegen uns führen um an die Quellen unseres Wohlstandes heranzukommen, und wir müssen dagegenhandeln, bevor es dazu kommt. Wir müssen ihre Kraft schwächen, und das geht nur durch das Schüren innerer Unruhen in ihrem Staatsgebilde. Denn wenn das Volk rebelliert, weil sie mit ihrer Führung unzufrieden sind, dann werden wir zur gegebenen Zeit einschreiten und den Rebellen unsere Unterstützung zubilligen". Wolle führte den Gedankenzug noch weiter. „Die Großköpfe haben in der Vergangenheit jeden Wiederstand brutal unterdrückt. Das werden sie auch weiter so tun. Unsere Aufgabe ist es Ameisen von uns dort einzuschleusen um das arme hungernde Volk der Großköpfe gegen ihre Führung aufzuhetzen und auf einen Aufstand vorzubereiten." „Ja, Wolle, wir schicken ein paar Rotköpfe als Flüchtlinge zu ihnen. Die sollen dort von unserem Wohlstand berichten und sagen, dass sie davon ausgeschlossen, schikaniert, ausgebeutet und unterdrückt wurden. Das Volk soll aufbegehren und von ihrer Königin gleiche Lebensbedingungen fordern. Da die Königin die Wünsche des Volkes nicht erfüllen kann, wird sie den Widerstand brutal mit allen Mitteln der Gewalt, mit Mord und Totschlagversuchen zu zerschlagen. Und dann kommen wir ins Spiel. Wir müssen dem armen Volk helfen die Tyrannei zu beenden. Unsere Soldaten werden blitzartig einfallen und das Volk befreien. So haben wir nicht nur unsere Feinde besiegt, sondern auch den Staat der Großköpfe für immer vernichtet und unser Reich bedeutend erweitert." Jetzt wurde auch Nehle gedanklich aktiv. „Ich werde ein paar Rotköpfe in unsere Burg holen und so verwöhnen, dass sie glauben sie wären im Paradies. Wir setzen sie unter Drogen und unterziehen sie einer Gehirnwäsche. Sie müssen so von ihrer Sache überzeugt sein, dass sie selbst bei auffliegen des Planes den Tod nicht fürchten. Dafür versprechen wir ihnen nach dem Sieg eine Königin für einen eigenen Staat der Rotköpfe.

Lote, der Leiter des Trupps der Großköpfe war froh so schnell und ungeschoren von der Burg der traditionellen Feinde weggekommen zu sein. Schnell kam er mit seinem Kameraden in der Burg der Großköpfe an und wurde auch gleich auf dem Weg zur Königin Viola vom Heerführer der Großköpfe aufgehalten. „Sag was du gesehen hast", wollte Mikos sofort wissen. „Wir gehen zusammen zur Königin, da brauch ich es nur einmal erzählen."Mit gekränktem Blick lief er Lote hinterher. Die Königin Viola war schon über das Ankommen von Lote informiert wurden und erwartete gespannt deren Aussagen. Lote fing auch gleich an, über seine Erlebnisseund der Gefangennahme zu berichten. „Wir waren in der Nähe der alten Burg der Blauköpfe und sahen dort ein lustiges Treiben von vielen Rotköpfen. Die Blauköpfe haben den Rotköpfen ihre alte Burg überlassen. Das werden die nicht ohne Gegenleistung getan haben. Wir sahen Rotköpfe, die irgendwelches Grünzeug in die Burg trugen, und teilweise auch weiter zur neuen Burg der Blauköpfe. Ich gehe davon aus, dass die Rotköpfe den Blauköpfen dienen und dafür ihren Schutz genießen. Die Blauköpfe haben uns respektvoll behandelt, und lassen Grüße an die Königin Viola ausrichten. Das kam uns schon ziemlich suspekt vor. Sie wollten uns glaubhaft machen, wie überlegen sie über alles sind." Mirus konnte sich vor Erregung kaum halten. „Wir müssen sofort militärisch eingreifen, bevor unsere Feinde immer stärker werden". „Nein", rief die Königin. „Wir müssen mit Bedacht vorgehen. Ich glaube es ist erst mal besser die Rotköpfe für unsere Sache zu gewinnen." Lote hatte damit schon keine guten Erfahrungen gemacht. „Die Burgen werden beide durch die Blauköpfe gut bewacht. Da ist ein eindringen unmöglich." „Lote, geh mit einem redegewandten Mitglied unserer Führung dorthin, wo die Rotköpfe ihr Grünzeug herholen. Die kennen euch nicht, und sind bestimmt neugierig zu erfahren wer ihr seid. Nehmt ein paar Tüten Bier mit und verwickelt sie in Gespräche. Dabei macht ihr euch über die Blauköpfe lustig und erzählt ihnen, was für ein großartiges Volk wir sind und wie gut man bei uns leben kann. Dann geht wieder und lasst ihnen Zeit zum Nachdenken. Wenn ihr versucht sie zu überrumpeln werden sie den Blauköpfen Bericht erstatten, und unser Plan fliegt schnell auf. Ihr werdet den Rotköpfen beim nächsten Treffen gegen ein Silberstück etwas Grünzeug abkaufen. Diese werden das Silberstück für sich behalten wollen und nichts den Blauköpfen melden. Wir versprechen ihnen noch mehr davon, wenn sie eine Fuhre Grünzeug direkt zu uns bringen. Wir empfangen sie bei uns mit großer Freude und Dankbarkeit, so dass sie glauben hier bei uns sind sie besser aufgehoben". Mikos fand den Gedanken der Königin für gut umsetzbar. „Die anderen werden das nicht bemerken, da das Grünzeug in der Menge sowieso immer unterschiedlich ausfällt. Wenn sie öfters bei uns abliefern, werden sie durch unser Silber auch immer wohlhabender, und das macht sie von uns abhängig. Ja, Futter ist für uns erst mal wichtiger als das Silber. Wenn wir die Großköpfe besiegt haben holen wir es uns sowieso alles wieder zurück." „Ja", sprach die Königin. „Geht die Sache mit Vorsicht an und überstürzt nichts. Vor allem seid sicher, dass von den Rotköpfen, die ihr mit Grünzeug antrefft, auch alle bestechlich sind. Die Rotköpfe müssen das selbst unter sich regeln. Von denen darf keiner abspringen. Beobachtet den Transport und achtet darauf, dass auch alle zusammenbleiben und kein Verräter unter ihnen ist, der sich von der Gruppe entfernt. Der nächste Schritt wird sein, dass wir ideologisch auf ihr Volk einwirken, mit dem Ziel, sie aufzuwiegeln um sich von den Blauköpfen zu trennen. Aber das ist erst noch alles genau durchdacht werden. Darüber sprechen wir später."

Wolle blickte in die Ferne und verfolgte mit zufriedenem Blick das Anrücken eines Transportes von Grünzeug durch die Rotköpfe. Alles lief in letzter Zeit so friedlich. Das hatte schon wieder so etwas Unheimliches. So was hat es in allen Jahren, selbst vor der Katastrophe nie gegeben. Wolle wusste, dass das nicht so bleiben wird. Wenn Ameisen Hunger leiden, dann sind sie zu allem fähig. Wenn die Futterversorgung nicht mehr so gut läuft, dann ist auch der Frieden in der eigenen Burg nicht mehr gesichert. Es tauchen immer mehr verstreute Ameisen aus entlegenen Gebieten auf, die auf Nahrungssuche sind. Sie werden auch über die wenigen sich gebildeten Oasen herfallen und sie plündern. Inzwischen war die Transportkolonne der Rotköpfte an der Burg angekommen. Wolle ging zum Haupttor um sich anzusehen, was da an fressbaren angekommen ist. Viel Grasartiges und dann entdeckte er auch noch einige Pilze. „Was sind das für Pilze"? fragte er einen der Rotköpfe. „Ach die sehen gut aus, riechen auch so und sind in Massen vorhanden. Die sind bestimmt lecker. So einfach wollte Wolle die Fuhre nicht in die Burg lassen und rief Lorin die Leiterin der Ernteameisen. Lorin möchte bitte die Pilze auf Verträglichkeit prüfen lassen. Ist ja klar, dachte Lorin. Testen soll doch der, der sie hergebracht hat. Sie begleitete den Transport bis zu den Lagerräumen und erlaubte den Rotköpfen auch ein paar dieser Pilze zu essen. Die Rotköpfe hatten da keine Bedenken. Solche ähnlichen Pilze gab es schon früher, und die haben wir immer gegessen. Und so griffen sie bedenkenlos zu. Lorin begleitete die Rotköpfe noch bis zu Ausgang und verabschiedete sie mit einem „Dankeschön". Nun war es wieder ruhig in der Burg und alle, außer dem Wachpersonal, begaben sich zur Nachtruhe.

Am nächsten Morgen standen ein paar Rotköpfe voller Erregung vor der Burg der Blauköpfe und verlangten sofort den General zu sprechen. Ein Wachposten meldete, dass Wolle, und der holte den General. „General, ein paar Rotköpfe wollen euch sprechen. Es muss sehr wichtig sein." Was ist bei denen schon wichtig, dachte der General und schlenderte gemächlich zum Burgausgang. Dort sah er die verängstigten Gesichter der Rotköpfe und ahnte nichts Gutes. „Was ist los", polterte der General heraus. Einer der Rotköpfe schrie den General an:"Die Kammeraden, die euch gestern Futter gebracht haben, sind bei uns noch in der Nacht nach qualvollen Schmerzen gestorben. Wer von euch hat sie vergiftet?" Der General war über diesen ungewohnten Ton von Unterstellten schockiert. „Ich habe nichts damit zu tun", schrie er zurück und rief Wolle nach vorn. „Wolle was geht hier vor sich?" „Genera, Lorin hat den Transport übernommen und sollte die mitgelieferten Pilze auf Verwendbarkeit prüfen. Ich habe weiter keine Informationen." "Dann müssen wir Lorin fragen", rief der General laut in die Burg hinein. Den Ton konnte auch Lorin nicht überhören und kam auch sofort aus der Burg gestürzt. „Was ist denn los?", fragte sie erschrocken. Der General blickte sie mit scharfem Blick an. „Was habt ihr den Rotköpfen gegeben, dass sie so qualvoll sterben mussten? „Ja, sie haben nur von den Pilzen gegessen, die sie uns mitgebracht haben und sind dann gegangen". Der General blickte die Rotköpfe vorwurfsvoll an fragte sie, ob sie solche Pilze auch in ihrem Lager haben. „Dann kümmert euch um eure Kammeraden bevor sie diese auf den Tisch bekommen." Die Rotköpfe rannten sofort los. Das tat auch Lorin um die Ausgabe an die eigenen Ameisen noch schnell zu verhindern. Wolle lief Lorin hinterher. Er hatte eine Idee. Die Pilze müssen wir in einem sicheren Ort lagern. Vielleicht kann man das Gift extrahieren und die Pilze wieder genießbar machen? Die Ernteameisen haben doch Spezialisten auf diesem Gebiet. Was hat die Pilze, die wir früher gegessen haben heute so giftig gemacht? Wenn das Gift auf irgendeine Weise hereingekommen ist, dann muss es auch eine Möglichkeit geben es wieder herauszubekommen. Das Gift ist für uns als Waffe ja auch von Interesse. Das musste Wolle dem General unbedingt mittteilen, bevor dieser anderen Entscheidungen trifft. Er traf dem General, als dieser sich gerade auf dem Weg zur Königin befand. „Wolle, gut das ich dich treffe. Was gibt es Neues? „Noch nicht viel, aber wir arbeiten daran." Rede jetzt nicht weiter Wolle. Komm mit zur Königin. Da kannst du alles genau schildern."

Die Königin lag in ihrem weichen Bett und betrachtete ihre Brut. Die Eier schienen gewachsen zu sein. Ihre Bediensteten nahmen die Eier regelmäßig in den Mund, um sie warm und feucht zu halten. So können sich die Eier bestens entwickeln. Die Königin war überglücklich. Wenn alles gut geht, dann werden Larven schlüpfen. An den sich entwickelnden Puppen kann man dann auch schon erkennen was Weibchenund was Männchen sind. Der General stärkte die Königin in der Hoffnung bald Nachwuchs zu zeugen. Aber er musste sie auch wieder in die Realität zurückholen. „Königin, es gibt mal wieder etwas Ernsthaftes zu besprechen. Wir haben ein Problem mit giftigen Pilzen. Ist das eine Laune der Natur oder hat sie jemand vergiftet? Wie können aus essbaren Pilzen plötzlich giftige werden". „Aber General, wie sollen Pilze von außen vergiftet werden. Und woher soll das Gift kommen? Nein, ich glaube schon, dass die vulkanische Asche schuld daran ist. Wenn Pilze hier wachsen sollen, dann müssen wir ihnen einen geeigneten Boden schaffen. Mit Grassamen haben wir es doch auch schon erfolgreich getestet. Steckt ein paar Pilze in den Boden, hinter der Burg, wo wir schon Komposterde aufgetragen haben, und es wird sich zeigen, was sich daraus entwickelt. Es ist zwar nur ein kleines Beet, aber für Experimente reicht es aus. So, und nun an die Arbeit, Ich bin jetzt anderweitig beschäftigt." Der General blinzelte Wolle zu und schob ihn durch die Tür. „Anderweitig beschäftigt", äffte der General die Königin nach. Wenn es so sein soll, dann werden wir das weitere Vorgehen selbst in die Hand nehmen. Die Königin soll sich um ihren Nachwuchs kümmern. Wenn sie uns nicht ausdrücklich zu sich ruft, dann gehen wir auch nicht hin. Wie heißt es so schön: „Geh nicht zu deinem First, wenn du nicht gerufen wirst. Und musst du einmal doch mal hin, dann ist es meistens halb so schlimm." Komm, Wolle, ich habe jetzt Appetit auf ein Bier. Wir treffen uns jetzt mal zu einer kreativen Stunde im Brauhaus".

Bei den Rotköpfen herrschte große Aufregung. Der Tod ihrer Kammeraden war ein Warnsignal für alle, die auf Futtersuche sind. Die Welt hat sich verändert. Was einmal gut war, ist heute schlecht. Aber es kann sich auch einiges zum Guten wenden. Wolle erinnerte daran, dass die Ernteameisen vor längerer Zeit gemeinsam mit einigen Rotköpfen nachessbaren Pilzen suchen sollten. Die Rotköpfe hatten diese Pilze nun gefunden und bei uns roh verspeist. Das war ihr Fehler. Wolle wusste das es diese Pilze schon früher gab: Sie waren uns aber unbekannt, und wir haben den Verzehr vermieden. Wolle ging sofort in die Erntekammer und rief den Braumeister Pilos und die Ernteameise Lorin zu sich. „Forscht weiter nach dem Gift. Wir müssen herausfinden, ob die Pilze in ausgegorener Form genießbar sind, und ob sie sich für das Bierbrauen eignen. Das wäre eine gute Nahrungsgergänzung für die Versorgung der Rotköpfe und auch unserer Soldaten. Das macht sie gefügig, unerschrocken und wagemutig, so wie Soldaten sein sollen. Die Pilze, die wir als Vorrat haben reichen für lange Zeit aus, so dass es bei denen, die das mit der Vergiftung mitbekommen haben, bald in Vergessenheit gerät. Mit den Inhaltsstoffen von diesem Bier leisten wir auch einen wesentlichen Beitrag zur Versorgung der Ameisen mit wichtigen Körperbaustoffen. Die Pilze sind wichtig für den Gärprozess und machen das Bier lange haltbar. Die Giftstoffe werden mit der Alkoholbildung weitgehend zerstört. Der Rest befördert den Rauschzustand."

Wolle wachte am nächsten Morgen mit einem Kater auf. War wohl doch ein bisschen viel, was sie sich am Abend zugemutet hatten. Der General hatte gemeint: "Man muss erst mal alles Vorkosten, bevor man es den Seinen gibt." Na ja, schließlich haben alle den Versuch überlebt. Jetzt will ich mal nachsehen, ob der General den Rausch auch gut überstanden hat und machte sich auf dem Weg zur Schlafstätte des Generals. Fröhlich sah der General ja auch nicht aus, aber beide waren sich darüber einig, das nächste Mal einen Schluck weniger von diesem Zeug zu trinken. Ausgerechnet in diesem Zustand tauchte mal wieder, wie immer ungebeten, Baldur im Gang auf. „He. Baldur, fängst du an uns zu belauschen?" „Aber General ich bin nur zufällig hier verbeigekommen, aber es trifft sich gut, dass ich euch hier begegne. Ich wollte nur mal wissen, ob ich euch bei der Integration der Rotköpfe helfen kann." „Ja, Baldur, darüber habe ich auch schon nachgedacht. Wir können nicht alles dem Selbstlauf überlassen. Ja, ich habe eine Aufgabe für dich. Geh mit Lorin, der Erntetante zu den Rotköpfen und macht mit denen eine Futterschulung, damit so etwas wie mit den Giftpilzen nicht wieder vorkommt. Jetzt kannst du auch mal Politik machen. Die Rotköpfe sollen einen Staatsrat als Ersatz für eine Königin, die sie ja nicht haben, wählen. Dieser soll der Ansprechpartner für uns sein. Wir können ja nicht immer mit allen gleichzeitig reden, wenn wir ein Problem haben oder Aufträge an sie zu vergeben haben. Aber fang nicht wieder an zu philosophieren. Lorin wird jeden solcher Versuche unterbinden." „Aber General, wir können doch demokratisch vorgehen." „Ja, Baldur, lass die eine demokratische Wahl machen, aber versprich ihnen keine Sonderrechte. Dazu ist nur unsere Königin befugt. Bringe mir sofort Larin her, damit ich euch einweisen kann". Baldur war begeistert. Er hätte nie gedacht einmal eine so wichtige Aufgabe zu erhalten, wo man ihn doch im Kreis der Königin nie ernst nahm. Er fühlte sich schon ein wenig geschmeichelt und ging mit stolzer Brust zu den Ernteameisen um Lorin zu suchen.

Die Einweisung beim General war kurzund bündig. Eigentlich überließ er den beiden den Plan und die Abläufe ihres Auftrages. Baldur verabredete sich mit Laurin für den nächsten Tag um alles vorzubereiten. In der Nacht sollte jeder seine Gedanken zusammentragen um zu einer einheitlichen Meinung zu kommen. Am nächsten Morgen, zur verabredeten Zeit legte Baldur Lorin sein Konzept vor. Im Prinzip waren sie sich ziemlich einig. Sie befürworteten bei den Rotköpfen eine Dreierspitze die von einer gewählten Präsidentin geführt wird. Das Volk soll die Präsidentin wählen und die Präsidentin bestimmt die Mitglieder des Senats, mit den anderen zwei Rotköpfen. Diese Konstellation soll die Ordnung und Disziplin im Bau der Rotköpfe organisieren und bewahren, und wenn nötig unsere Soldaten um Hilfe bitten. Mit diesem Konzept gingen sie zum General um ihre Überlegungen absegnen zu lassen. Der General war sichtlich beeindruckt über das was die beiden sich in so kurzer Zeit ausgedacht hatten. „Ja, wie die Rotköpfe das in die Reihe kriegen ist ihre Sache. Darum kümmern wir uns nicht weiter. Wir haben dann nur einen Ansprechpartner und das ist für uns wichtig. So wie ihr das geplant habt werden wir das durchziehen. Geht noch heute zu den Rotköpfen und organisiert die Wahl der Präsidentin, damit wir das alles schnell vom Tisch haben."

Mit geschwollener Brust verlies Baldur mit Lorin den General. Jeder ging in sein Zuhause um sich auf den Marsch vorzubereiten. Wolle hatte alles mitgehört und schlug dem General vor ihnen Soldaten zur Begleitung mitzugeben. Der General aber war davon überzeugt, dass den beiden nichts passieren wird. Wenn sie alleine gehen, dann schafft das Vertrauen und Zusammengehörigkeitsgefühl. Und wenn doch was schief gehen sollte, dann nehmen wir das so hin. Auf Baldur können wir gern verzichten. Das war doch auch immer deine Meinung.

Baldur und Lorin standen vor der Burg der Rotköpfe und warteten auf jemanden der sie begrüßte. Ihnen schien, als wollte keiner Notiz von ihnen nehmen.

Die Rotköpfe waren ein willenloser Haufen, die gewohnt waren zu funktionieren, aber nicht zu denken. Das Denkvermögen war bei ihnen nicht gut ausgebildet, weil das von ihnen auch nie erwartet wurde. Baldur hatte einen freudigen Empfang erwartet. Aber jetzt standen sie da, wie bestellt und nicht abgeholt. Lorin ergriff zuerst dieInitiative und fragte die erste Ameise, die ihr über den Weg lief, nach ihrem Führer. Der kleine Rotkopf verstand nicht was sie von ihr wollte. Da änderte Lorin ihre Fragestellung. „Sag mal Kleine: Wer ist denn von Euch die Größte und Stärkste". Das verstanden die Rotköpfe und verschwanden in den Bau. Danach passierte erstmal lange nichts. Baldur ging vorsichtig in den Eingangsbereich der Burg und spitzte die Ohren, Tatsächlich tat sich da etwas. Eine Gruppe von etwa zwölf Ameisen kamen aus der Burg und stellten sich Laurin vor. Eine von ihnen fiel Baldur besonders auf. Sie war etwas größer als die anderen und schien auch am wissbegierigsten zu sein. Man nannte sie Rossi. Baldur bemerkte das die Rotköpfe zu Laurin Vertrauen gewonnen hatten und überlies ihr die weiteren Aktivitäten. Laurin berichtete von ihrem Auftrag, den ihnen die Königin erteilt hatte und sprach Rossi direkt an: „Wir suchen eine geeignete Ameise aus euren Reihen, mit denen wir über alle Aktivitäten im Rahmen unserer gemeinsamen Arbeit zur Bewältigung der vor uns liegenden schwierigen Umstände bei der Sicherheit, Versorgung und Stärkung unserer Völker in der Zukunft beraten können. Wir können nicht mit allen von euch reden. Deshalb benennt uns einen, der euch alle vertreten soll. Mit dieser von euch Auserwählen werden wir dann alles Nötige beraten. Bevor die Rotköpfe so richtig verstanden hatten, um was es ging, trat Baldur vor die scheinbar geeignetste Rossi, und fragte sie ob sie diese Aufgabe übernehmen würde. Einer so direkten Ansage konnte die anderen nichts entgegensetzen und stimmten dem Vorschlag von Baldur nickend zu. Lorin schlug noch Rossi vor, aus den Reihen der umstehenden Ameisen einen futterverantwortlichen Stab zu bilden, der die Futterbeschaffung, Kontrolle und Aufteilung überwachen soll, und natürlich den vereinbarten Anteil an die Blauköpfe sichert.

Rossi schaute den beiden, als sie die Burg verließen nach und konnte noch immer nicht begreifen was das alles zu bedeuten hatte. Die anderen Kandidaten konnten ihr da auch nicht helfen. Aber eines hatten sie wohl begriffen. Rossi war zumindest hier in ihren Reihen der Boss. Die Organisation der Versorgung hatte Rossi schon immer hinterfragt, Es lief bisher alles ungeordnet. Jeder beanspruchte so viel wie möglich für sich. „Wir werden hier Versorgungsstellen einrichten und für Gerechtigkeit bei der Verteilung der Lebensmittel sorgen. Dabei gilt das Prinzip der Notwendigkeit und Sparsamkeit", sprach Rosse, und sie hatte da auch schon einen Plan. „Wir sind die, die bereit sind Verantwortung für unser Volk zu übernehmen. Fünf von euch werden den Stab der Futterannahme, Kontrolle und Lagerung bilden. Weitere fünf leiten die Erntebeschaffungsgruppen. Dann bleibt noch einer von euch übrig. Eine die mich vertreten soll, wenn wichtige Entscheidungen anliegen und ich nicht sofort erreichbar bin, und das soll unsere, die für ihre Ehrlichkeit und Hilfsbereitschaft bekannte Binsi sein. Freudige Gesichter in der Runde.

Das hatte Rosssi so gutgesagt. „Ja so machen wir das", klang es einstimmig aus den Reihen der Auserwählten. Auf dem Rückweg hatten Baldur und Lorin noch viel zu bereden. Aber das wichtigste hatten sie auf den Weg gebracht, und werden das voller Stolz dem General berichten. Baldur glaubte noch viel Arbeit vor sich zu haben. Geistige Fähigkeiten, die wir besitzen, müssen den Rotköpfen erst noch antrainiert werden, Unsere Berater und Führungskräfte haben ja auch lange gebraucht um die Welt richtig zu verstehen. Der General wird bestimmen wie alles weitegeht. Für Baldur war es wichtig in alle Aktivitäten bei den Rotköpfen einbezogen zu sein, denn die Umsetzung seiner utopischen Ideen von Einheit und Gleichheitin allen Ameisenvölkern hatte er nie aufgegeben, und der Versuch bei den Rotköpfen lag ihm sehr am Herzen.

Der General sah die beiden schon von Weiten kommen und befahl sie auch gleich zu sich. Er forderte Laurin auf Bericht zu erstatten. Baldur schenkte er nur wenig Beachtung. Das war aber für Baldur nichts Neues. Lorin dagegen fühlte sich vom General geschmeichelt und berichtete voller Stolz, wie sie ihren Auftrag erfüllt hatten. Der General beglückwünschte beide und forderte sie auch gleichzeitig auf, die Sache unter Kontrolle zu halten und den Rotköpfen des Öfteren einen Besuch abzustatten. „Das Vertrauen, das sie uns entgegenbringen, muss weiter gefestigt werden. Das ist wichtig für unsere Versorgung und unsere Sicherheit." „Ja General, eure Schlauheit und Gerissenheit soll unser Handeln bestimmen. Wir werden alles tun, was uns möglich ist um Schaden von unserem Volk abzuwenden". Der General nickte zufrieden und erlaubte ihnen einen Besuch im Bierkeller.Auf so eine Gelegenheit hatte Baldur schon lange gewartet. Mit den Soldaten gemeinsam einen Plausch beim Bier zu führen. Welch eine Gelegenheit zu diskutieren, mal frei von der Leber zu reden. Laurin verabschiedete sich mit den Worten: "Wenn du wieder nüchtern bist, dann besprechen wir die weiteren Aktivitäten."Auf dem Weg zur Königin lief dem General Wolle über den Weg. „Gut das ich dich treffe, ich bin gerade auf dem Weg zur Königin. Laurin und Baldur haben gute Arbeit geleistet. Die Rotköpfe wollen mit dem Grünzeug alles in geordnete Bahnen lenken, was die Sicherung unserer Versorgung auf einige Zeit bedeutet." „Na, da kannst du ja mal wieder bei der Königin Pluspunkte sammeln." „Ja, ich glaube schon, dass wir sie wieder etwas aufheitern können."

Die Königin saß in ihrem Lehnstuhl und spielte mit ihren Fingern. „Schau mal was ich kann." Ihre Finger formten sich zu einem Kreis, dann zu einer Raute und auch einem Quadrat. „Schön sieht das aus. Königin, da hast du bestimmt lange daran geübt. Aber lass uns jetzt erstmal über die Rotköpfe reden."Die Königin hörte aufmerksam zu, was der General zu berichten hatte. Ihre Reaktion traf dem General aber hart. Sie erhob sich aus ihrem Lehnstuhl wie ein Drachen und funkelte mit den Augen.

Was war in sie gefahren. Der General wich erschrocken zurück. So hatten die beiden die Königin noch nie erlebt. „Ich scheiße auf eure Diplomatie. Für uns kann es nur ein Ziel geben, und das heißt Wachstum, Wachstum um jeden Preis". Holt alles ran, was ihr kriegen könnt. Wir müssen in allen Belangen die Größten sein und ich stehe über allen auf diesen Planeten. Die Königin schrie heraus was sie über ihre Zukunft dachte. Der Schweiß stand auf ihrer Stirn und sie fuchtelte mit den Armen. Dann verließen sie die Kräfte und die Königin taumelte dem General in die Arme. Wolle half mit, sie wieder in ihren Stuhl zu setzen. Sie schloss die Augen und schlief sofort ein. Der General schaute sich im Gemach um und entdeckte versteckt in einer Ecke eine kleine Flasche. Er zog den Korken vorsichtig heraus und winkte mit der Hand den Geruch in seine Nase. Der Geruch kam ihm bekannt vor. Das war ein Sud aus den toxischenGiftpilzen, die bei den Rotköpfen schon mal zum Tod geführt haben. Dieses Gemisch hatte sie in Halluzinationenversetzt. Der General nahm die Flasche an sich und gab Wolle ein Zeichen, dass sie gehen sollten. „Wolle, wir müssen herausfinden wer die Flasche der Königin untergeschoben hat. Die Königin kann nicht viel davon gekostet haben, denn es fehlt kaum etwas aus der Flasche, und deshalb wird sie keinen Schaden nehmen und sich schnell erholen. Sie muss jetzt gründlicher bewacht werden. Der Täter wird sicher wiederkommen und kontrollieren wollen, ob die Königin verendet ist, oder er versucht es noch einmal auf die gleiche Weise. Wer soll Interesse daran haben die Königin zu töten? Das ergibt doch keinen Sinn. Lass die Wachen überprüfen, aber unauffällig. Es soll keiner in der Burg etwas von dem Vorfall mitbekommen. Ich werde mich mal im Brauhaus umsehen, denn von dort kann das Zeug ja nur gekommen sein."

Rossi hatte sich in ihrer Burg wie eine Königin eingerichtet. Sie genoss es, etwas Besonderes zu sein. Sie hatte vor einiger Zeit einen Trupp zur Beschaffung von Grünzeug ausgeschickt und wartete auf deren Ankunft. In letzter Zeit war die Ernte nicht so reichlich wie gewohnt. Manche Trupps hatten zum Teil nur eine magere Ausbeute. Sie erzählen immer das Gleiche. Das Gras wächst nicht so schnell nach, wie wir es ernten. Rossi hatte den Trupp, auf den sie wartete, mal in eine andere Richtung geschickt, in der Hoffnung eine neue Oase zu finden. Die Königin der Blauköpfe bestand auf die vereinbarte Menge, und eine Konfrontation mit den Blauköpfen wollte sie nicht riskieren. Da blieb nur eins, in weiterer Entfernung zu suchen. Da kam eine Meldung aus ihrem Stab. Es hatten sich ein paar Ameisen wieder eingefunden, aber ihre Körbe waren leer. Rossi begab sich sofort zum Burgeingang wo die Ankömmlinge schon von Binsi, der Stellvertreterin von Rossi, befragt wurden. Die Führerin des Trupps berichtete von einer weit entfernten kleinen Oase, die aber schon von anderen Ameisen besetzt war. So wie diese aussahen, schienen es Großköpfe zu sein. Wir sind aber nicht in ihre Nähe geraten und haben uns unbemerkt wieder zurückgezogen. Wir sahen aber von weitem einen Trupp von uns, der mit vollen Körben auf dem Weg zur Burg war. „Seltsam", sagte Binsi. "Bei uns kamen aber nur halbe Körbe an". Rossi rief sofort den Trupp zu sich. Die Rotköpfe hatten sich nach ihrem Marsch in ihre Kammer zurückgezogen und machten einen zufriedenen Eindruck. Ihre unerwartete Vorladung zu Rossi beeindruckte sie überhaupt nicht. „Mal sehen, was die wieder von uns will. Ich jedenfalls lasse mich heute nicht noch einmal rausschicken. Rossi ging Kalli, die Führerin des Trupps sofort scharf an, und wollte wissen, warum nur die Hälfte des Grünzeugs bei uns angekommen ist. Mulli zeigte sich unschuldig und meinte, dass auf dem langen Transporz das Gras zusammenrutscht und dadurch weniger erscheint. „Ja, Mulli, aber, warum ist das nicht bei den anderen so. Die bringen doch meistens gefüllte Körbe." „Na, ja, da spielt die Länge des Weges und die Feuchtigkeit eine wesentliche Rolle." Diese Ausrede befriedigte Rossi nicht, aber sie konnte den Ameisen nichts verräterisches nachweisen und ließ sie gehen. In den nächsten Tagen sah es nicht anders aus. Es kamen nur noch halbgefüllte Körbe an. Das Geheimnis des Trupps von Mulli bklieb nicht lange geheim. Die anderen Trupps hatten das bald mitbekommen, mit welchen Tricks Mulli arbeitete. Sie schafften einen Teil der Ernte in ein Versteck in der Nähe der Burg und holten das bei der nächsten Tour wieder ab. So brauchten sie den langen Weg zur Oase nur alle zwei Tage bewältigen. Das hätten die anderen Trupps mitbekommen und verfuhren in gleicher Weise. Dadurch kam es aber zu Engpässen bei der Weiterleitung der vereinbarten Menge an die Blauköpfe. Es kam auch schon mal vor, dass ein Trupp nicht wieder zurückkehrte. Ja, sehr oft, bis eine das Geheimnis lüftete. „Es waren Großkopfameise, die die Transporte aufgehalten hatten und die Rotköpfe überredeten mit ihnen zu gehen. Sie versprachen Ihnen Freiheit und ein schönes Leben, Sie würden nie mehr Hunger leiden und brauchten nicht mehr für Fremde zu arbeiten. Da ich das für mich ablehnte, wollten sie mich töten. Als sie einen Spähtrupp der Blauköpfe in der Nähe entdeckten, gelang es mir zu fliehen." Rossi wurde wütend. Wenn wir hier immer weniger werden, dann sitzen die Großköpfe bald hier in unserer Burg, und wir können uns nicht mal dagegen wehren. Binsi gehe sofort zu den Blauköpfen und schildere dem General unsere Situation. Sie sollen Soldaten schicken, die die Futtertransporte begleiten. Nur so können wir unsere Gemeinschaft erhalten und die Futterbeschaffung absichern."

Bei den Großköpfen herrschte große Freude. Sie hatten bisher vier Futterbeschaffungstruppst der Rotköpfe hergeleitet. Primus der Adjutant rief Mikus den Heerführer zu sich. „Sag mal Mikus, Was sollen wir mit den schwächlichen, kleinen Rotköpfen hier anfangen. Ihr macht denen große Versprechungen, dass sie hier den Himmel auf Erden haben. Jetzt sollen wir wohl das Futter für deren Wohlbefinden noch absichern." Wir können die doch nicht noch durchfüttern. Wenn wir sie zur Futterbeschaffung für uns einsetzen, dann besteht die Gefahr, dass sie wieder zu den Blauköpfen zurückkehren." „Ja, Primus, diese Möglichkeit besteht. Aber die Oase aus der wir unser Futter herholen, liegt in einer anderen Richtung, wo die Blauköpfe nicht agieren. Wir müssen die Transporte mit unseren Soldaten absichern. Na ja, immerhin haben wir den Blauköpfe damit Schaden zugefügt".

Jetzt meldete sich Lote zu Wort. Er hatte der Diskussion von einiger Entfernung zugehört, und wollte nun auch mal seine Idee loswerden. „Ihr habt Recht. Wir können nicht alle Rotköpfe hier rumsitzen lassen. Schaut euch die kleinen Süßen doch mal genau an. Da sind viele dabei, die würden in ein Bordell passen. Dann haben unsere Soldaten auch ein bisschen mehr Spaß und Lebensfreude. Ich stelle mir das wunderbar vor. Ein Becher Bier in der einen Hand, und in der anderer so einen zarten Rotkopf zum Spielen. Und wenn diese verbraucht sind, dann ab in die Garküche." „So etwas hat es bei uns noch nie gegeben", Rief Primus. „Ja, aber das würden uns unsere Soldaten mit Ergebenheit und Treue danken. So etwas einzurichten kann doch keine so schwierige Aufgabe sein." „Das glaub ich dir. Du bietest dich ja auch gleich förmlich an, die Leitung eines solchen Etablissements zu übernehmen. Aber warte erstmal ab, was die Königin Viola dazu sagt." „Ja, was soll sie sagen? Sie lässt doch auch täglich ihre Spielgefährten zu sich kommen, und oft sehen wir von denen auch keinen mehr wieder." Primus wird das richten. Da waren sich zum Schluss alle einig.


Als die Blauköpfe von den Entführungen der Rotköpfe durch dieGroßköpfe erfuhren, waren sie außer sich vor Wut. Walnuss brüllte heraus, was alle schon vermuteten „Ich habe es schon immer gewusst, dass die Großköpfe keine Ruhe geben. Sie wollen uns provozieren um unsereGegenwehr zu testen. Ja, wir werden uns auch etwas einfallen lassen müssen um Stärke zu zeigen. Aber zuerst sichern wir unsere Burg noch besser ab. Wir haben doch noch Blätter vom Eisenblattbaum, die wir zur Wassergewinnung aufgestellt hatten, übrig. Nehle soll daraus Türen bauen. Türen für alle Eingänge, die nicht zu durchdringen sind". Das alles musste er der Königin mitteilen. Als er in dem königlichen Gemache eintrat, schien die Königin zu schlafen. Ihr Gesicht strahlte Ruhe und Zufriedenheit aus. Vielleicht träumt sie von etwas Schönem. Aber jetzt fiel ihm etwas besonders ins Auge. Da, in der Brutschale, die die Königin immer gut behütet hatte, bewegte sich etwas. Es waren Larven, die sich versuchten mit einem Gespinst zu verpuppten. Der General starrte gebannt auf dieses Schauspiel. So etwas hatte er schon lange nicht mehr gesehen. Nein, die Königin will er jetzt nicht wecken. Wenn sie wach wird, soll sie sich allein an diesen Fortschritt erfreuen. Da will ich sie nicht mit den Hiobsbotschaften des kalten Krieges mit den Großköpfen belasten. Ich muss mich mit Wolle erst mal beraten, was wir tun können um die Gefahren abzuwenden. Ja, zur Königin müssen wir mit konkreten Vorschlägen kommen, denn helfen kann sie uns sowieso nicht. Sie kann nur unseren Plänen zustimmen oder auch nicht. Aber wir haben sie bisher immer überzeugen können, weil wir die größeren Erfahrungen aus all den Zeiten unserer Geschichte haben. Der General ging wieder zurück zu seiner Garde. Jetzt könnte er auch ein Bierchen vertragen. Da, wo er hinwollte, suchte auch ein anderer das Ziel. Es war Wolle, der auf der Suche nach Nehme war. Auch dem General fiel auf, dass er Nehle, Wolles Stellvertreter lange nicht gesehen hatte. Gemeinsam gingen sie in den Bierkeller um sich ein Schlückchen auf die frohe Botschaft der angehenden Vermehrung unseres Volkes zu genehmigen. Sie glaubte auch Nehle dort zu treffen. Es war dunkel im Bierkeller. Die Phosphorlampen waren ausgeschalten, und von den Brausoldaten war keiner zu sehen. Dem General beschlich ein ungutes Gefühl. Wolle brachte eine Lampe zum Leuchten und ging in Nehles Quartier. Es war alles gut aufgeräumt, denn Nehme war mit seinen Sachen sehr pedantisch. Er war ein richtiger Saubermann. In seinem Schrank war alles schön geordnet. Der General fühlte mit dem schwachen Licht in die Fächer. Da war nichts Besonderes. Doch plötzlich gab die Rückwand eines Fachens nach und öffnete ein zweites hinteres Fach. Der General zog eine kleine Flasche hervor und hielt sie gegen das Licht. So eine Flasche hatte er schon mal bei der Königin gesehen, als diese Vergiftungserscheinungen anzeigte. Wolle rief sofort seine Soldaten zusammen. Alle kamen, nur von Nehle war keine Spur. Einer der Soldaten berichtete, dass er Nehle gesehen hatte, als er von Draußen zur Burg kam. „Aber angekommen ist er hier wohl nicht" rief Wolle. „Nein, wir haben ihn nicht wiedergesehen", sagte einer der Soldaten. „Nun geht ihn jetzt sofort suchen und bringt mir ihn her", rief der General. Jetzt werden wir den Schrank einmal genauer untersuchen. „Die Soldaten schleppten den Schrank in einen hellen beleuchteten Raum. Wolle riss die Bretter auseinanderund tastete alles genau ab. Er fühle etwas Hartes zwischen seinen Fingern und schaute sich das genau an. Es glänzte wie Gold. Jetzt fand er auch noch ein paar weitere Stücke davon. Ja, es war Gold.

Es waren kleine Nuggets. Die muss Nehle bei der Suche nach den Futteroasen gefunden haben und wollte sie für sich allein behalten. „Aber was soll er denn damit anfangen? Hier gab es doch nichts dafür zu kaufen" meinte der General. „Zu kaufen sicherlich nicht, aber man kann damit handeln, um sich Vorteile zu verschaffen", sagte Wolle. „Nehme steht bestimmt mit den Großköpfen in Verbindung. Jetzt glaube ich auch, dass er den Auftrag hatte, die Königin zu töten. Dafür wurde er mit den Goldnuggets bezahlt. Er hat aber seinen Auftrag nicht voll ausgeführt und trotzdem den Lohn behalten. Das werden ihm die Großköpfe übelnehmen und ihm bestrafen. Da er aber vorhin von den Großköpfen gesund zurückgekehrt ist, hat er denen sicherlich versprochen seinen Auftrag doch noch zu Ende zu führen. Jetzt müssen wir nur noch auf ihm warten." Die Soldaten hatten sich nach langer Suche wieder eingefunden. Nehle war demnach nicht mehr in der Burg. Für Wolle war alles klar. Derhat sicherlich Wind davon bekommen, dass er gesucht wird und sich gleich wieder aus dem Staub gemacht. Dann geht er jetzt wieder zu den Großköpfen. Den werden wir nie wiedersehen.

Königin, ich muss euch aber noch über einen schrecklichen Vorfall unterrichten. Nehle hat Verrat an euch begangen. Er war es auch, der euch vergiften wollte, und nun ist er verschwunden. Er ist mit den Großköpfen in ein Komplott gegen uns verwickelt und wurde von denen auch dafür bezahlt". Die Königin ließ sich in ihren Sessel fallen und drückte den Kopf auf ihre Schenkel. Das hatte sie Nehle nie zugetraut. Er war hier groß angesehen und hatte doch auch ein gutes Leben bei uns. Warum macht einer so etwas. „Das ist die Gier. Es reicht manchem nicht normal und dienstbeflissen zu leben. Sie wollen mehr sein und über allen anderen stehen. Das ist falscher Ehrgeiz und Egoismus. Er war bereit die Großkopfe in unsere Burg einzuschleusen damit wir uns ihnen unterwerfen. Er sah sich bestimmt schon als neuer General in einem großen Großkopfstaat. Uns hätten sie eingesalzen und in Ihre Verpflegungskammern gebracht" „Oh, General, welch schlimme Vorzeichen. Was sollen wir jetzt tun?" „Königin, wir werden erst einmal die gesamte Burg in Alarmbereitschaft versetzen. Wir werden alle mit Lanzen und Speeren ausrüsten und uns heldenhaft verteidigen. Die Großköpfe wissen jetzt wie viele wir sind. Wenn sie stärker sind als wir, dann werden sie alle Verträge, die wir mit ihnen abgeschlossen hatten, brechen und sich auf Kriegskurs einrichten. Wenn sie aber feststellen, dass wir die stärkeren sind, dann werden sie sich auf bestimmte Zeit zurückhalten." „Ja, General, wenn sie uns aber belagern und versuchen uns auszuhungern?" „Wir können uns lange verteidigen, Unserem Vorrat reichen länger, als die der Belagerer. Wenn es bei uns zu Ende geht, dann öffnen wir ihnen die Türen und lassen sie in unsere Burg. Die Großköpfe haben zwar große Köpfe, aber wenig Hirn. Sie werden sich in unserer Burg verirren und in den von uns installierten tödlichen Fallen sterben. Unsere gemeinsame Stärke ist der Zusammenhalt. Eine Gesellschaft, wo alle von uns, auch die fleißigen Arbeiterinnen, als Krieger ausgebildet sind, werden sie nicht besiegen können. Wir werden Wachposten in kurzer Entfernung um die Burg verteilen, damit wir rechtzeitig gewarnt werden, wenn sich jemand Fremdes unserer Burg nähert."Der General sprühte vor Tatendrang. Er fühlte sich nicht nur der Königin, sondern dem ganzen Volk verpflichtet. Das wusste jeder in der Burg, und daher hatten alle volles Vertrauen in seine Führungsstärke. Jetzt wurde es der Königin langsam zu viel. „Geht jetzt bitte. Ich brauche meine Ruhe". Der General wandte sich zu Wolle und nickte ihm zu. Beide verließen die Königin und begaben sich zu den Unterkünften der Soldaten. Auch bei den Soldaten herrschte große Aufregung. Sie konnten es noch immer nicht fassen, dass Nehle zu einem Verräter wurde. Ja, wen kann man denn überhaupt noch vertrauen? Sie waren sich aber sicher, dass die Gefahr eher von außen zu erwarten war. Sie räumten die zertrümmerten Regale beiseite, und bereiteten das Quartier für den Nachfolger von Nehle vor. In der angespannten Lage musste eine schnelle Entscheidung getroffen werden. Wolle fiel da Nolke ein. Er war Leiter des Spähtrupps und hat immer gute Dienste geleistet. „Der Posten meines Stellvertreters ist jetzt wichtiger als ein Spähtruppführer. Dafür finden wir schnell einen neuen aus unserer Kaderreserve. Nolke soll sich zuerst um die Türen kümmern, die aus den Eisenbaumblättern entstehen sollen. Wir müssen alles tun um den illegalen Zugang zu unserer Burg zu erschweren".

Nolke wurde von seiner Beförderung im Bierkeller überrascht. Er fühlte sich zwar ungemein geehrt, doch er wusste auch, was nun auf ihm zukam. Was hatte er doch für einen ruhigen Posten, ohne Stress und körperliche Anstrengung und nun Verantwortung für die Soldaten in einer Zeit des kalten Krieges, der schnell heiß werden kann. Er trank sein Bier in Ruhe aus, als wollte es das letzte Mal genießen. Dann machte er sich auf den Weg zum General, denn der musste ihn ja offiziell befördern und in seine neue Verantwortung einweisen, Türen zu bauen. Auch Wolle wollte sich die Türen ansehen. Die sahen schon ganz gut aus. Die sind nicht so leicht zu zerstören, wie die aus trockenem Gras, was wir sonst immer in die Öffnungen reingesteckt haben. Er hatte schon immer Bedenken Mit dem brennbaren Zeug. Zum Glück wusste Nehle noch nichts von diesen Sicherheitstüren und kann dem Gegner unsere Erfindung nicht verraten.

Die Großköpfe waren noch immer in freudiger Stimmung, als plötzlich ein Wachposten die feierliche Stimmung unterbrach. „Mikus, eine Blaukopfameise nähert sich unserer Burg. Soll ich sie reinlassen und herbringen oder gleich töten?". „Vielleicht hat er eine Nachricht für uns. Wir sollten ihn reinlassen und anhören, was er zu sagen hat". Der Wachposte verschwand eilig in Richtung Burgeingang um den Ankömmling zu empfangen. Bald stellte der Wachposten fest, dass der Unbekannte doch nicht so unbekannt war. Das war doch einer der Blauköpfe, den er schon mal bei einem Zusammentrefft der Delegationen vor längerer Zeit gesehen hatte. Es war bestimmt eine wichtige Person. Der Wachposten fragte auch nicht lange nach, und führte den Blaukopf auch sofort zu Mikus, den Heerführer der Großköpfe. „Oh, wen haben wir denn da. Unseren Freund Nehle, den gefürchteten Krieger der Blauköpfe. Was verschafft uns die Ehre dich hier bei uns anzutreffen"? „Ja, Mikus es ist für mich eine ernste Situation bei den Blauköpfen geworden. Der Anschlag auf die Königin ist fehlgeschlagen. Ich musste schnell verschwinden und alles zurücklassen. Bestimmt haben sie die Zuwendungen, die ich von euch erhalten habe, schon entdeckt, so dass ich nicht mehr zurückkann. Ich bitte euch um Asyl. Ich will alles tun um mich bei euch nützlich zu machen". „Nun, Nehle, erzähle uns erstmal die ganze Geschichte, und was es Neues über die Blauköpfe zu berichten gibt". „Es gibt nichts, was ich euch schon mal berichtet habe. Es gibt nur ein Thema, und das ist ihre Versorgungslage jetzt und in Zukunft. Die Rotköpfe schaffen immer weniger Futter ran, was nicht reicht um beide Kolonien satt zu machen. Sie wollen selber Felder anlegen um Grünzeug anzubauen. Aber das ist bei diesem kargen Bodenund der unwirklichen Witterung nicht einfach. Sie haben ihre Armee stark ausgebaut um jeden Angriff von außen zu widerstehen". „Na gut Nehle, wie haben deinen Bericht gehört und werden darüber beraten. Der Wachposte bringt dich in den Braukeller. Dort kannst du dich erstmal von dem Trauma erholen". Mikus schaute seine Adjutanten Primus lächelnd an und meinte, dass von Nehme nichts mehr zu erwarten ist. Es besteht sogar die Gefahr, dass er wieder zurückkehrt zu den Seinen und unsere Geheimnisse verrät. Primus stimmte dem zu und meinte „Nehle hat seine Mission zum Teil erfüllt. Da ist nichts mehr zu erwarten. Nehle muss schnell weg. Wir lieben den Verrat, aber nicht den Verräter". Damit war das Schicksal für Nehle besiegelt. Er ahnte was ihm erwartete und ließ sich mit dem Bier volllaufen. So war alles was kommt erträglicher.

Baldur fühlte sich unsicher. Was sollte oder könnte er tun, um wiedermal auf sich aufmerksam zu machen. In der Burg war es ruhig. Die Königin aalte sich in Selbstzufriedenheit und die meisten Soldaten erfreuten sich der Bierkunst. Es war eine begrenzte kurze Zeit des Wohlstandes in der Burg. Dass das nicht mehr lange weitergehen kann war Baldur, aber auch der Generalität bewusst. Aber was sollten sie auch tun. Einige Soldaten waren mit vielen Arbeiterinnen unterwegs um neue Futterquellen zu erschließen. Der Erfolg war aber immer spärlicher. Baldur kannte die Ansichten der Königin. Sie bestand immer auf grenzenloses Wachstum. Wachstum war aber auch grenzenloser Verbrauch, und die Ausbeutung der noch letzten Ressourcen. Man kann auch sagen, grenzenlose Verschwendung und was dann folgt, ist ein schneller Niedergang. Sparsam umgehen mit dem was noch zu haben ist, sollte unumstößliches Prinzip sein. Er machte sich auf den Weg zur Burg der Rotköpfe, ohne sich bei der Obrigkeit abzumelden. Bei den Rotköpfen fand er immer Gehör für seine Ansichten. Er saß oft zusammen mit Rossi und Binsi und philosophierte über eine mögliche Gestaltung der Zukunft. Aber eine Zukunft müssen alle mitgestalten, auch die Großköpfe. Es kann ja nicht sein, dass das, was die einen einsparen von den anderen verprasset wird. Die Wachen kannten Baldur, der sich öfters in ihrer Burg aufhielt, und ließen ihn ohne Begleitung in die Chefetage zu Rossi laufen. Wie immer wurde er freundlich empfangen. Binsi begrüßte Baldur mit den Worten: "Willkommen zur neuen Spinnrunde". Es war Baldur egal, wie sie das sinnliche Rund nannten. Hauptsache sie verstanden sein Anliegen. Das Thema kam natürlich sofort auf die Ernährungsprobleme. Rossi betonte, dass sie nicht mehr so viel Futter an die Blauköpfe liefern können, ohne selbst zu verhungern. Es ist ja nicht mehr so viel vorhanden, und die Quellen erholen sich nicht soschnell, wie wir sie abernten. „Wir müssen alles solidarisch teilen", rief Rossi in die Runde". „Ja aber nicht mit den Großköpfen. Die haben uns schon genug betrogen", meinte Bensi. Baldur war klar. So kommen wir nicht weiter. „Ich werde mit Rosssi zum General gehen und einen neuen Liefervertrag aushandeln, mit dem beide Völker leben können. Ja, wir, die Blauköpfe müssen auch mehr tun, um neue Nahrungsquellen zu erkunden und zu erschließen. Es gab ja schon Ansätze eigene Felder anzulegen, aber da mangelt es an genügend vorhandenen Samen. Und es darf auch nichts fressbares zweckentfremdend genutzt werden." Was Baldur damit meinte, sagte er nicht, Das würde bei den Rotköpfen für zu viel Unverständnis führenund Unruhe stiften. Um weitere Diskussionen zu vermeiden, ermunterte er Rossi zum schnellen Aufbruch um bei dem schwierigen Weg nicht in die Dunkelheit zu geraten.

Wolle stand auf der Burg und kontrollierte die Wachposten. Er stand oft hier oben. Das war sein Lieblingsplatz, weil er von hier aus weit in die Ferne schauen konnte. Es war zwar kein beglückender Ausblick, aber doch besser als nur in der Burg zu sitzen. Er sah auch als erster die Beiden aus Richtung der Rotköpfe auf die Burg zukommen. Langsam begab er sich in Abwärtsbewegung. Das war recht einfach. Die Arbeiterinnen hatten beim Bau der Burg eine Rutsche angebaut, um Baumaterial schneller auf die Burg zu ziehen. Besser ging es noch bergab. Die Wachposten machten sich oft den Spaß beim Schichtwechsel von der Burg nach unten zu rutschen. Wolle setzte sich auf einen Stein und erwartete Baldur, den er schon von weitem erkannte. Neugierig war er nur darüber, wen Baldur da mitbrachte. Wolle überließ es Baldur sein Mitbringsel vorzustellen. Baldur war sichtlich nervös, weil er wusste, dass es überaus unüblich war, ohne vorherige Absprache mit Fremden hier zu erscheinen. „Sag mal Baldur: wenhast denn da mitgebracht?" „Das ist Rossi, die Vertreterin der Rotköpfe, die von ihrem Volk gewählt wurde, so wie das von Laurin und mir dem General bereits berichtet wurde." „Ach ja, ich erinnere mich. Aber nun sagt mir was euch jetzt hierherführt." Aufgeregt und hastig berichtete Baldur was ihr Anliegen war. „Ja Baldur, wir werden mit der Königin darüber sprechen, aber so schnell geht das jetzt nicht. Bring die Rossi wieder zu ihrer Burg zurück. Wie werden uns dann, wenn wir eine Entscheidung getroffen haben bei euch melden." Baldur ärgerte sich über sich selbst. Er musste wissen, dass sie so nicht mit der Tür ins Haus fallen können. Es war ihm vor allem vor Rossi peinlich, so wieder abtreten zu müssen. „Rossi, ich habe den Fehler gemacht. Ich hätte erst mal allein herkommen sollen und mit dem General oder Wolle sprechen sollen. Jetzt bringe dich erst mal wieder zurück und werde dich dann weiter auf dem Laufenden halten, über das was hier besprochen wird." Während sich die beiden wieder auf den Rückweg begaben, machte sich Wolle auf den Weg zum General. Den General brauchte er nicht lange zu suchen, und dass was er von Wolle hörte, gefiel ihm überhaupt nicht. „Wolle, weißt du was die Königin dazu sagt" „Ja ich weiß, aber wir müssen es versuchen und in Ruhe über alles reden. Die Versorgungslage ist und bleibt ein Problem. Wir werden sofort zu Königin gehen. Sie wird ihr Abendschmaus schon gegessen haben, und mit vollem Magen ist sie doch zugänglicher." Die Königin blickte den General liebevoll an und bat beide zu sich. Es lag da noch genug zum Sattwerden auf den Tisch, und auch die Getränke waren ihnen nicht unbekannt. Der General griff als erster zu und füllte den Becher der Königin auch noch mit Bier nach. Er wollte die Königin erst mal in Stimmung versetzen. Das erhöhte auch die Stimmung der Runde.

Wolle fing nach einer Weile, als er glaubte, dass die Zeit dafür gekommen mit dem ungeliebten Thema an. Die Königin reagierte so, wie sie es erwartet hatten. „Es ist mir egal, ob die Rotköpfe genug zum fressen haben. Wir brauchen die vereinbarte Menge um uns immer fit zu halten. Und denkt daran, das Futter ist auch geistige Nahrung. Wie sollen wir ein Volk führen, wenn der Kopf nicht denken kann. Dann können wir uns den Großköpfen ja gleich zu Fraß vorwerfen." „Du hast schon recht Königin", sprach der General. „Aber wir sind auf die Lieferungen der Rotköpfe an uns auch angewiesen. Wir müssen denen auch sagen, wie sie an mehr Futter herankommen. Die wissen nicht weiter. Ich habe da auch schon eine Idee. Unter der Asche muss es doch viel verendetes Leben geben. Ich denke noch an die großen Tiere, die früher mit ihren großen Tatzen ständig an unserer Burg herumgekratzt haben, um uns zu fangen und zu fressen. Von denen hat doch keiner überlebt. Sie sind durch die Asche konserviert. Wir müssen sie nur finden. Jetzt kehren wir mal den Spieß um. Es war doch schon immer so: Des einen Tod sichert das Überleben des Anderen. Bei den Rotköpfen gibt es doch sicherlich auch gute Schnüffelameisen. Ihr Fühlsystem wird doch nicht bei allen verbrannt sein. Leiten wir sie richtig zu so einer Arbeit an, und sie sind damit so beschäftigt, dass sie keine Zeit mehr haben, uns ihre schrecklichen Ideen vorzutragen". „Oh, General warum sind wir bisher nicht auf so eine Idee gekommen." „Weil wir bisher immer noch genug zu fressen hatten", warf Wolle ein. „Na dann mal los, auf was wartet ihr noch"? Das Gespräch war kürzer, als sie erwartet hatten. Das war der Verdienst des Generals, der immer für alle Probleme eine Lösung parat hatte. „Los, raus hier, Wolle und schnell zu Lorin. Die muss doch auch ein paar Schnüffler haben. Die sollen die Rotköpfe anleiten. Ich bin da schon echt zuversichtlich, dass wir das so hinbekommen". „General, das kann aber nur eine Notlösung sein. Mit dieser Ernährungsart werden wir nicht weit kommen. Denke an die vielen Krankheiten, die diese Tiere hatten bevor sie starben. Denke an die Pilzbefallseuche, die schon einmal bei den Ameisen gewütet und Tausenden das Leben gekostet hat. Um gesund zu bleiben brauchen wir artengerechtes Futter, und das ist grün. Wir müssen weiter danach suchen. Womöglich sogar in eine Gegend ziehen, wo wir so etwas noch in ausreichender Menge finden. Vielleicht müssen wir uns sogar auf ein Nomadenleben umstellen." "Wolle lass uns jetzt nicht so weit denken. Das macht uns nur nachdenklich und trübsinnig. Wir haben auch schon mal mit dem Verzehr von Baumrinde überlebt. Also müssen wir auch nach solchen Alternativen suchen. Wer weiß, was wir noch alles finden können. Wir müssen nur weitersuchen. Ich schlage vor aus dem größten Teil der Rotköpfen Suchtrupps zusammenzustellen und sie in alle Richtungen, natürlich entgegen der des

Großkopfgebietes, loszuschicken, um neue Quellen der Ernährungs-möglichkeiten zu finden. So lange sie weg sind benötigen sie von unseren Reserven kein Futter. Sie bringen zurzeit sowieso kaum noch was zu uns". „Ja, Wolle, selbst auf die Gefahr hin, dass sie nicht wiederkommen, müssen wir das tun. Sie müssen was zum fressen finden, bevor wir sie auffressen.

Inzwischen war Baldur wieder zurückgekehrt und meldete sich beim General. Er hatte einen Teil des Gespräches mitgehört und schien etwas bedrückt zu sein, weil der General Rossi so wirsch abgefertigt hatte. Der General bemerkte das, ging aber nicht darauf ein. Schließlich hatte er jetzt konkrete Pläne, die Baldur den Rotköpfen mitteilen konnte. Baldur hörte sich die Vorstellungen des Generals nachdenklich an und stimmte dem auch billigend zu. Was sollte er auch dazu sagen. Aber er nutzte diese Gelegenheit, um auch seine Wünsche vorzutragen. „General, so wie wir eine Vertretung bei den Rotköpfen installiert haben, sollte wir das auch bei unseren Ernte- und Arbeitsameisen tun. Lorin wäre eine geeignete Person um so eine Aufgabe zu erfüllen. Sie sollten im Arbeitervolk der Blauköpfe eine mitbestimmende Position einnehmen. Das sind wir unseren fleißigen Helfern schuldig, und es ist eine demokratische Geste in dieser für uns alle schwierige Zeit. Die Arbeiterinne stellen den größten Teil unseres Volkes. Das sind bedeutend mehr als die Soldaten. „Baldur, jetzt fang nicht gleich wieder mit deinen philosophischen Parolen an." „Ja, aber wenn unsere weiblichen Mitstreiter eine würdige Anerkennung finden, dann sind sie auch eher bereit noch mehr unser aller schwierigen Lasten zu tragen". „Baldur, ich werde mit der Königin darüber sprechen. Aber je mehr ich darüber nachdenke, finde ich das nicht mal so abwegig. Aber dafür muss von Lorins Truppe je eine die Suchtruppe der Rotköpfe anführen. Baldur, ich traue dir zu, dass du das alles organisieren kannst. Las dir von Laurin ein paar Ernteameisen geben, geh zu den Rotköpfen und stelle mit Rossi solche Expeditionstrupps zusammen.


Die Königin war überhaupt nicht begeistert vom Vorschlag des Generals, Lorin mit in alle Entscheidungsfindungen einzubeziehen. Sie hatte immer die Befürchtung an Macht zu verlieren. Der General kam zwar oft ihr und stimmte sich über alle erforderlichen Maßnahmen ab. Aber war das auch immer alles Wichtige? Sie kam aus ihrem Gemach nicht raus und hatte schon lange nicht mehr das Tageslicht gesehen. War sie wirklich noch die Herrscherin, oder bestimmte der General schon das ganze Geschehen im Staat? Das Misstrauen zerfraß ihre Seele, aber nicht ihren eisernen Willen alles zu dominieren. „Königin, es gibt da keinerlei

Bedenken. Wir werden Lorin nicht in unsere internen Geheimnisse einweihen. Sie wird nur zu Beratungen dazu gerufen, wenn das Thema sie mit betrifft. Das heißt, wenn sie von uns Aufträge erhält. Woher kann sie auch wissen, wann und wo wir uns ansonsten treffen. Lass doch das gemeine Volk im Glauben, dass sie für uns wichtig sind. Dann meutern sie nicht, oder fangen womöglich noch an zu streiken, wenn ihnen was nicht passt. „Na gut, wenn ihr das so seht, dann will ich nicht dagegensprechen. Doch um eines bitte ich euch. Helft mir bitte hier heraus. Meine Bediensteten bringen meine Puppen ja auch regelmäßig an die Luft, damit diese sich gut entwickeln. Ich will auch einmal an die Luft, die Sonne sehen und in die Ferne schauen". Sie legte ihre Arme um Wolles Schulter und ließ sich zum Ausgang der Burg führen. Draußen angekommen legte sie ihren anderen Arm um die Schuler des Generals und so stiegen sie die Burg empor. Ihr aufrechter Gang machte sie größer, als sieeigentlich war. Und sie fühlte auch ihre Größe. So sollte sie jeder sehen. Eine Königin, die über alles steht. „Welch eine schöne Burg. Ihr alle habt ja etwas Hervorragendes geschaffen. Ich bin richtig stolz auf euch. Diese große technische Anlage zur Morgentaugewinnung und die großen festen Türen, die mich schützen sollen. Ich bin schon recht beeindruckt. Ja, aber wenn ich in die Ferne schaue, sehe ich nur verkohlte Baumstümpfe, Asche und Basaltgesteinsbrocken. Wo findet ihr noch was Fressbares?" „Das ist eben das Problemüber das wir ja schon oft gesprochen haben. Im Moment schicken wir Spähtrupps mit Rotköpfen unter Führung unserer Ernteameisen in entlegenere Gegenden um Futteroasen und verendete Tiere zu finden". „Gut so, macht das auch weiterhin, bevor uns andere zuvorkommen. Das ist aber bei weitem nicht das einzige Problem. So wie es bis jetzt aussieht, haben wir keine Fressfeinde auf unserem geschrumpften Planeten. Es gibt weder Vögel noch andere Tiere, die uns gefährlich werden können. Dadurch besteht die Gefahr einer zu raschen Vermehrung aller überlebender Ameisen bei immer weniger nachwachsenden Ressourcen." „Das zu regeln überlasse ich euch. Darüber haben wir ja schon oft gesprochen.

Die Wachposten waren schon überrascht die Königin nach langer Zeit wieder mal zu sehen. Sie gab für sie eine lächerliche Figur ab. Ihr Erscheinungsbild wirke auf die Soldaten eher komisch als beeindruckend. Wie sie da so dastand, gestützt vom General und Wolle, als sollten sich alle vor ihr auf die Kniee fallen. Dem General blieb das nicht verborgen, aber er tat so als würde er das nicht bemerken. Die Soldaten sollten nur ihm dienen als furchtlosen und mächtigen Herrscher. Zur Königin hatte sie doch kaum Kontakt. Schließlich gab er ja die Befehle. „Oh, Königin, es wird Zeit wieder in eure Gemächer zurückzukehren. Es wird kalt und das windige Wetter ist nicht gut für eure Gesundheit." Der Abstieg war schwieriger als der Weg nach oben. Immer wieder hielt sie inne und schaute sich nach allen Seiten um, als könnte sie nicht genug davon bekommen. Die hatten ja auch an alles gedacht. Auf dem großen abgestorbenen Baumriesen hatte der General einen Ausguck eingerichtet. Von dort oben aus konnte der Posten weit bis ins feindliche Gebiet der Großköpfe einsehen.

Gerade hatte der General die Königin wieder in ihr Gemach gebracht, da kam Lorin auf ihm zugelaufen und überbrachte die Neuigkeit." Ein Suchtrupp hat ein unter der Asche begrabenes Säugetier nicht weit von uns gefunden. Das bedeutet Nahrung für längere Zeit. Ich habe schon ein paar Ernteameisen losgeschickt um Portionen zu uns zu bringen. Es ist ja einfach zu bewerkstelligen. Die Ameisen benetzen das Fleisch mit ihrem Speichel. Das Fleisch löst sich an dieser Stelle auf und lässt sich so herauslösen. Wie gesagt: „Fleischbrei für alle und für lange Zeit." Wir haben zwar noch nicht so viel Erfahrung mit der Verarbeitung von Fleisch, aber bei Körnern haben wir das doch schon immer so gemacht. Wir haben sie im Mund mit unserem Speichel zu Brei aufgelöst und unseren Nachwuchs damit gefüttert." Das war mal wieder eine gute Nachricht. Hoffentlich ist das Fleisch für jetzt und auf Dauer auch gut bekömmlich. Das wird sich in ein paar Monaten zeigen. Wir können aber auf das Grünzeug nicht verzichten, sonst spielt unsere Verdauung verrückt." Unsere Körper bilden Ameisensäure, aber nur unter normalen Ernährungsbedingungen. Diese Ameisensäure sitzt im Stachel bei den Soldaten, aber auch bei den Arbeiterinnen und dient als Mittel der Verteidigung. Wenn ein Feind gestochen wird, dringt die Säure in seinen Körper ein und führt zur Zersetzung der inneren Organe. Das bedeutet den sichern Tot. Für den Nahkampf ist das eine sichere Waffe, über die aber leider auch der Feind verfügt." Die Königin erwachte aus ihrem Schönheitsschlaf und schaute sich um. Es war ruhig in ihrem Gemach. Sie ging zum Spiegel und betrachtete sich von allen Seiten. „Wie schön ich doch noch bin," rief sie in den Spiegel hinein. Voller Stolz blickte sie sich um. Keiner war da, der sie belauscht hätte. Aber nun erblickte sie in ihrer Brutecke die kräftigen Puppen. In ihnen bewegte sich schon was. Es wird nicht lange dauern, dann werden junge Ameisen schlüpfen. Vorsichtshalber begann sie die Spinnfäden mit ihren Zähnen zu durchtrennen. Die jungen Ameisen hätten nicht die Fähigkeit sich aus eigener Kraft den Kokon zu sprengen.Am nächsten Morgen erblickten die ersten Jungen das Licht der Welt. Sie sah ein paar geflügelte, große Männchen und viele Arbeiterinnen, und zu großen Überraschung war auch eine angehende Königin dabei. Zuerst war die Freude groß, aber dann wurde sie nachdenklich. "Hier bin ich die Königin und neben mir soll es keine weitere Königin geben. Einen Hochzeitsflug dieser Königin werde ich nicht zulassen". Zuerst machte sie sich daran die Flügel der männlichen Ameisen zu trocknen und zu massieren. Sie sollten nur mich für einen Hochzeitsflug zur Verfügung stehen. Aber dann begriff sie, dass sie ja gar nicht mehr fliegen kann. Eine Hochzeit mit einer sichern Befruchtung kann aber nur im Flug in der Luft stattfinden. Wenn die neu entpuppten männlichen Ameisen mich nicht begatten können, dann sollen sie es auch bei keiner anderen tun. Sie nahm eine Schere und schnitt den geflügelten Ameisen die Flügel ab.Jetzt werden es gewöhnliche Arbeiter oder Soldaten. Und auch die neue zukünftige Königin muss hier verschwinden. Sie packte sie mit all den Abfällen aus dem Brutkasten in einen Sack und versteckte den in einer Nische ihres Gemachs. Keiner sollte etwas von ihrem Ansinnen mitbekommen. Sie hatte gerade den Sack in Sicherheit gebracht, da erschien auch schon der General in Begleitung von Wolle. „Oh, Königin, wir kommen, um euch zu gratulieren. Wir waren schon mal hier und wollten Euch über einen schlimmen Vorfall informieren, und da haben wir gesehen, dass sich in eurem Brutkasten was bewegt. Ihr habt so schön geschlafen und da wollten wir euch nicht wecken. Und schon liefen beide neugierig zu dem Brutkasten, um zu sehen was sich hier entwickelt hatte. „Das sind ja nur Arbeiterinnen und ein paar flügellose Männchen". „Ja, schon, aber Walnuss, du brauchst doch Soldaten um unsere Existenz zu sichern. Nimm die gleich mit und lasse sie militärisch ausbilden. Die Königin überlegte, wie sie den Sack beiseitebringen sollte. Ihre zuverlässigste Kammerzofe musste ihr jetzt helfen. Aber wie, wenn sich im Sack etwas bewegt. Sie überwand ihre Gewissensbisse und führte die für sie einzige Möglichkeit zu Ende. Im Futterlagerraum machte sich keiner Gedanken über den Zuwachs in dem Sack. Sie waren jetzt alle mit anderen Dingen beschäftigt. Inzwischen schauten sich die Soldaten den neuen kleinen Nachwuchs an. „Nanu, wo kommt ihr denn so schnell her? Wir haben doch gar keine neue Kolonie überfallen?" Wolle klärte die Soldaten auf „Die schickt euch die Königin. Das ist der erste Nachwuchs seit der Katastrophe." „O, dann kann es ja so weiter gehen." Meinte einer der Soldaten und schaute sich die kleinen Männchen mal genauer an und entdeckte dabei auch gleich die Stumpen von den abgetrennten Flügeln. „Na so was, die sind ja nicht vollständig entwickelt. Wachsen die noch nach?" Wolle schaute jetzt auch mal genauer hin. „Nein, ich glaube nicht. Die sind so verstümmelt geboren, so etwa wie Fehlgeburten. Na ja, bei dem Alter der Königin ist ja auch nicht mehr viel zu erwarten. Außerdem trägt die Königin die Eier schon seit dem Umzug in die neue Burg mit sich rum. Es ist erstaunlich, dass da überhaupt noch was rausgekommen ist". Die Soldaten nahmen die Neuen mit in die Werkstatt. Die sollen erst mal was Handwerkliches lernen, bevor sie zu Kämpfern ausgebildet werden. Ein Soldat schaute neugierig in die Pilzkammer. Man sah es dem Ergebnis an, dass sich hier seit längerer Zeit keiner mehr so richtig um die Pilzbrut gekümmert hat. Das Substrat war ausgelaugt und wohl nicht mehr für die Bildung des Pilzgeflechtes geeignet. Es war nicht viel von dem für das Pilzwachstum so wichtige Mycel zu sehen. Das musste er sofort Lorin melden. Auf der Suche nach Lorin sah er außerhalb der Burg einen riesigen Abfallhaufen. „Was ist das für Haufen", fragte er einen dort stehenden Wachposten. „Das ist unser Mist, den wir täglich machen und hier aufschütten, Wolle hat gemeint, dass das der zukünftige Kompost die Grundlage für die neuen Gärten werden soll." Inzwischen kam auch Lorin, angezogen vom lauten Gespräch, zu den Soldaten. Der Soldat warf Lorin vor, sich nicht genügend um die Pilzkammern zu kümmern. „Wir haben die Pilzbrut unter schwierigen Bedingungen aus der alten Burg hierhergebracht und erwarten von euch, dass ihr den Pilzgarten pflegt. Wieso wird nicht der Mist, den wir selbst verursachen, als Teil des Substrats für die Mycelbildung eingesetzt? Wir könnten schon viel mehr Pilze ernten, wenn ihr Ernteameisen mit mehr Verantwortung an die Arbeit gehen würdet." Lorin blickte verlegen und suchte krampfhaft nach einer Erklärung. „Meine Ernteameisen sind fleißige Arbeiter und Helfer in unserem Staat. In letzter Zeit waren sie mit der Futterbeschaffung und als Führer von Erkundungstrupps unterwegs. Aber Vieles, was wir beschafft haben, habt ihr zu Bier verbraut und den halben Tag sitzt ihr im Bierkellerund lasst euch volllaufen. Packt doch mal selbst mit an, und erneuert die Erde in den Pilzkammern. Wir können uns auch nicht zerteilen," „Ja schon gut. Wir machen mal einen Arbeitseinsatz, aber das darf nicht zur Regel werden, denn wir brauchen unsere Kräfte für den Kampf und für die Verteidigung unseres Staates gegen jeglichen Angriff, oder auch für einen Angriff. Wir müssen immer das tun was uns befohlen wird, und da hilft uns auch keiner von euch." „Doch, auch wir müssen kämpfen, wenn es notwendig wird. Wir sind zwar nicht so stark wie ihr, aber zu was haben unsere Arbeiterinnen denn auch so einen Stachel wie ihr." „Na gut, wir werden mal mit Nolke darüber reden."


Bei den Großköpfen, wie bei den Blauköpfen vollzog sich bei der Entwicklung nach der Katastrophe vieles parallel. Beide hatten überlebt und ihre Königin mit einem Brutsack durch die Krise gebracht. Der Neuanfang schien für alle gelungen zu sein. Jeder hatte eine feste Burg und die Grundlage für eine zukünftige Generation geschaffen. Während die

Königin der Blauköpfe Ladina diese Gelegenheit zunichtemachte, sahen die Großköpfe das anders. Sie hatten das Brutgeschäft Ihrer Königin Violaimmer begleitet und auf weiblichen Nachwuchs gehofft. Eine zweite Königin war von ihnen gewollt, um sicher als königlich geführter Staat in die Zukunft zu gehen. Und ihre Hoffnungen hatten sich erfüllt. Als die Puppen sich ihres Gespinstes entledigt hatten, konnte sich die Königin über zwei Königsanwärterin und viele geflügelte männliche Ameisen freuen. Das war die Grundlage für eine zukünftige neue Generation. Inzwischen war auch schon der Zeitpunkt gekommen, wo die Paarung der jungen Königinnen mit den geflügelten Männchen anstand. Es war an einem schönen klaren Morgen, als sich die Sonne das erste Mal wieder auf dem Planet Urian zeigte. Es war für alle ein Freudentag und ein gegebener Anlass die Kandidaten für den Hochzeitsflug in Bewegung zu setzen.

Die Teilnehmer erhielten eine besondere Behandlung. Mit einem erotisierenden Stoff wurden alle intensiv eingerieben, damit sie nur die eine ihnen zugewiesene Aufgabeim Blick hatten. Alle Ameisen der Großköpfe hatten sich zurechtgepuzt und vor der Burg versammelt. Keiner wollte dieses, das so selten stattfindende Ereignis, verpassen. Nun war der richtige Zeitpunkt gekommen. Zuerst ließ man die Königinnen emporfliegen, und gleich danach starteten die geflügelten Männchen. Es war für alle Beteiligten und Zuschauer ein bewegender Moment und ein erhabenes Gefühl von Stolz und Freude. Nachdem das Schauspiel zu Ende war, landeten die Königinnen weich vor ihrer Burg. Sie wurden auch gleich von den ihr zugeilten Pflegerinnen empfangen, die damit begannen ihnen die Flügel auszureißen. Sie sollte nie mehr diese Burg verlassen und sich nur noch um den Nachwuchs kümmern. Das wollte sich eine der Königinnen nicht gefallen lassen und begab sich sofort wieder mit ein paar geflügelten Männchen in die Luft. Nein, Flügel ausreißen und dann für immer einsperren, nicht mit mir, dachte sie, und schon hatte der Wind sie fortgetragen. Die Großköpfe hatten schon bei der Instandsetzung ihrer Burg eine zweite Königskammer eingerichtet, aber die Königin Viola bestand darauf, dass die Junge Nachwuchskönigin mit in ihr Gemach einzieht. Sie litt schon lange an Einsamkeit und langer Weile. Sie wollte einen vertrauten Gesprächspartner in Ihrer Nähe haben, mit dem sie über alles Ernste und Lustige im Geschehen der Burg reden konnte, denn mit ihren Bediensteten durfte sie das nicht. Nach dem die Königin die Bühne verlassen hatte, kümmerte sich Mikos den bis zur vollen Erschöpfung gestrandeten Männchen. Ihm war klar, dass diese Lover die nächsten Stunden nicht überleben werden. Sie hatte ihre Aufgabe erfüllt und waren dem Staat nicht mehr von Nutzen.

Nun erging es ihnen so, wie allen, die nur noch als Belastung empfunden wurden. Mikos gab Lote ein Handzeichen zum Abmarsch in den Untergrund. Mit übermäßigem Alkoholgenuss verabschieden sie sich von dieser Welt und blieben so für uns noch lange haltbar. Mikos dachte nach, was wohl bei den Blauköpfen vor sich ging.

Nehle hatte ihnen, schon länger her, berichtet, dass die Königin Ladina ja auch in freudiger Erwartung sei. Er hatte in der letzten Zeit aber nichts mehr davon gehört. Von einem Hochzeitsflug bei den Blauköpfen gab es bisher keine Hinweise. Mikos hatte seit Nehles verschwinden auch keinen Agenten mehr in den Reihen der Blauköpfe. „Das muss sich schnell ändern, wenn wir immer im Geschehen bleiben wollen,"rief Primus in die Runde. „Mikos, wenn die Königin Ladina keine Nachkommen erzeugen kann, dann wird es nur noch Königinnen bei uns Großköpfen geben. Dann werde wir eines Tages eine Königin für alle Ameisenvölker stellen. Das heißt, dass wir die Herrscher auf dem gesamten Planeten sind, und die Blauköpfe uns Untertan. „Ja Primus, gut gedacht. Da darf es aber bei den Blauköpfen nie mehr eine Königin geben. Das sollten wir in Zukunft zu unseren Hauptaufgaben machen. Ich denke zum Beispiel daran, mal bei den Rotköpfen nachzufragen, ob sie nicht eine Königin haben möchten. Wir sind doch da recht großzügig. So eine Großkopfkönigin bedeutet für die Rotköpfe mehr Selbstbewusstsein und die Hoffnung auf eine Wiedergeburt eines eigenen Staates. Das kann doch auch in Ihrem Interesse liegen. Nur wie bringen wir das den Rotköpfen bei. Wir müssen ja erstmal an sie herankommen, und das ist sehr schwierig, da die Blauköpfe die Burg der Rotköpfe gut bewachen." „Mikos, du erinnerst dich doch noch, wie wir den Rotköpfen das Futter abgeluxt haben. Wir müssen sie außerhalb der Burg ansprechen. „Ja, Primus, aber ich habe da noch eine bessere Idee. Denk doch mal an die kleinen Rotköppchen in unserem Etablissement. Wir werden einige freilassen und sie nach Hause zu ihren Rotkopfbau schicken. Sie sollen dort die Geburt einer neuen Königin im Reich der Großköpfe für alle unterdrückten und geknechteten kundtun. Eine wahre Königin für alle auch für die Rotköpfe. Sie werden sich erinnern, wie schön das war, als sie selbst noch eine Königin hatten in einem blühenden und friedliebenden Staat, wo alle gleichberechtigt am Leben teilnahmen. Sie werden nicht schlecht über uns reden, denn es ging ihnen doch gut bei uns. Das wird alle Rotköpfe neugierig, und sie für uns zugänglicher machen. Lass ihnen ein bisschen Zeit, bis sich das alles bei ihnen rumspricht. Dann starten wir die nächste Aktion. Wichtig ist bei den Rotköpfen Unruhe und Unzufriedenheit zu schüren, ohne selbst dort aktiv zu werden." Primus machte sich sofort auf den Weg zu den Animierdamen in ihr Etablissement.Die kleinen Freudenmädchen mochten Primus. Er war ein hübscher und netter Kerl, und sie hatten mit ihm immer viel Spaß. Deshalb bedienten ihm immer gleich zwei, um ihn in die richtige Stimmung zu bringen. Primus zeigte sich dabei auch immer sehr großzügig. Sie bekamen von ihm aus der Verarbeitungsküche für ihre Bemühungen zu seiner Zufriedenstellung leckere Pralinen und auch eine Schale Bier. Primus nahm ihre Leistungen erstmal in Anspruch, bevor er über seine Pläne sprechen wollte. Welche der Kleinen sollte er gehen lassen, ohne zukünftig auf deren Dienste zu verzichten. Nach dem er sich zufriedengestellt fühlte, blickte er um sich, und sagte drei anderen, nicht so attraktiven Rotköpfchen, sie sollte zu Mikos, dem Heerführer kommen, Der hätte ihnen etwas Wichtiges zu sagen. Als sie gemeinsam aus dem so genannten Massagezenter kamen, führte Primus sie gleich nach Außen vor die Burg, und erklärte Ihnen, dass sie jetzt Urlaub bekämen und ein paar Tage zu ihren Kammeraden zur Rotkopfburg gehen dürften. Die Rotköpfe staunten nicht schlecht. Primus war es egal ob sie wieder zurückkehren würden. Sie werden immer in einer brüderlichen Beziehung zu uns stehen werden, und das wird die anderen neugierig machen. Die drei stießen schnell auf einen Erntetrupp der Rotköpfe.

Ein Trupp von Ernteameisen erreichte die Burg der Rotköpfe. Das bei den Ankömmlingen drei mehr auftauchten, als weggegangen waren, hatte das Wachpersonal nicht bemerkt. So genau kannten die Wachposten, die von den Blauköpfen gestellt wurden, ja auch nicht. Für sie waren die kleinen Rotköpfe äußerlich alle gleich. In der Burg aber war die Aufregung groß, und dass blieb Binsi auch nicht verborgen. Sofort ging sie der Sache nach und war auch schon bald bei dem Erntetrupp angekommen. Auch sie bemerkte sofort, dass da drei seit langen vermissten Ameisenplötzlich wiederauftauchten. Wie war das möglich? Inzwischen war auch Rossi informiert wurden und trat zu den Heimkehrern. „Wo kommt ihr auf einmal her? Wir haben euch lange gesucht und schon längst aufgegeben. Immerhin seht ihr wohlgenährt aus, als kommt ihr geradezu aus dem Garten Eden." Rossi bemerkte, dass da etwas nicht mit rechten Dingen zugegangen war, und nahm die neuen Alten mit zu sich in ihre Kammer. Ihr Misstrauen war größer als die Freude ihre Kameradinnen wiederzusehen. „So, nun will ich wissen, wo ihr jetzt herkommt und wiese ihr so plötzlich wieder hier auftaucht." Die eine der dreien, man nannte sie Elli berichtete Rossi von ihrer Gefangennahme bei einer Futtertuor durch die Großköpfe und ihre Verschleppung in ihre Burg. "Wir mussten dort in der Futterverarbeitung täglich hart arbeiten, und durften die Burg nicht verlassen. Zumindest hatten wir immer genug zum fressen. Wir konnten bei Nacht, als sich die Wachposten mehr dem Bier, als ihrer Aufgabe zuwandten, unbemerkt entfliehen und haben glücklicher Weise den Erntetrupp gefunden und uns gleich dem angeschlossen. Und nun sind wie hier, und freuen uns wieder bei unseren Freunden und Kameraden zu sein." „Und was ist mit den anderen. Ihr ward doch nicht nur zu dritt." „Ja, es sind noch sieben unserer Freunde dort. Sie wissen nicht das wir abgehauen sind. Na, ja, sie werden es inzwischen bemerkt haben und uns vielleicht in der Burg suchen." Ich muss das sofort den Blauköpfen berichten. Am besten ihr kommt gleich mit." Der General konnte sich kaum noch daran erinnern, dass einmal Rotköpfe verlorengegangen waren. Jetzt, wo sie vor ihm standen, dachte er über das vergangene nach und überlegte, was mit denen bei den Großköpfen geschehen sei. „Ich weiß nicht genau, welcher Ideologie die Großköpfe nachgehen. Auf jeden Fall sind sie uns nicht wohl gesonnen. Diese Rotköpfe sind von deren Gedankenwelt infiziert und könnten in ihrem Umfeld falsche Signale setzen. Wir müssen sie hierbehalten und unter Beobachtung stellen." Nolke gefielen diese kleinen kessen Rotköpchen. Sie hatten so etwas Sinnliches und Zauberhaftes an sich. „Ja, General, ich nehme sie mit zu unseren Soldaten. Da können wir am besten auf sie aufpassen. So ein paar Bedienstete heben die Moral und Verantwortung unserer Soldaten und sie fühlen sich auch mal so als Herren." „Na gut, Nolke, dann nimm sie mit. Ich komme dann auch gelegentlich mal vorbei, um zu überprüfen, wie nützlich sie für uns noch sein können, so als Begleiterscheinung zum Biergenuss."

Baldur bekam den Auftrag, Rossi wieder in die Burg zu den Rotköpfen zurückzubringen. Baldur machte das gern, denn die Rotköpfe waren die einzigen, bei denen er seinen Gedankengängen so freien Lauf lassen konnte. Die Rotköpfe hörten ihm gerne zu. Das war für sie sehr unterhaltsam und abwechslungsreich. Ob sie ihm verstanden hatten, konnte Baldur noch nicht einschätzen. Aber eines Tages werden sie es begreifen und auch in seinen Ansichten zu ihm stehen. Rossi erzählte Baldur von der Zeit des Aufenthaltes der Rotköpfe bei den Großköpfen. Denen ist es dort nicht schlecht ergangen. Sie berichteten auch von einer neuen Königin und deren Hochzeitsflug. Eigentlich waren es zwei Königinnen, die da mit vielen geflügelten Männchen in die Luft flogen. Eine hat aber, nach dem sie wieder auf dem Boden war Reißaus genommen. Die für sie vorgesehenen Bediensteten sollten ihr die Flügel ausreißen, damit sie nicht wieder aus der Burg kann. Sie konnte das noch rechtzeitig verhindern, indem sie wieder in die Luft flog und auf nimmer Wiedersehen verschwand. Mit ihr flogen auch noch ein paar geflügelte Männchen fort. Sicherlich will sich die Königin einen eigenen Staat aufbauen. „Ja, Rossi, ich glaube, da wird sie lange suchen müssen, bevor sie da was Geeignetes findet. Ihr habt das ja selbst erlebt, wie schwer es ist in dieser Zeit zu überleben, und dann noch so alleine." „Ja, Baldur, die Großköpfe haben unseren Rotköpfen weisgemacht, dass die neue Königin für alle da sein soll. Auch für die Rotköpfe. Sicherlich wollen sie uns in sich einverleiben und von euch Blauköpfen abtrennen. Sie wissen welche Sehnsucht wir nach einer eigenen Königin haben, und wollen sich uns einvernehmen." Baldur reagierte empört: "Das wird unsere Führung nicht zulassen. Ihr gehört zu unserem Königreich." Jetzt erschrak er selbst über seine Worte. Er war ja eigentlich schon immer gegen eine Monarchie. So eine Königin hat doch sowieso nichts zu bestimmen. Ihre Meinung wird ihr indoktriniert. Das Volk glaubt an die Weisheit der Königin, aber in Wirklichkeit bestimmt der General über allem Geschehen, denn er verkörpert die wahre Macht. Ist die Königin nicht mehr da, dann kommen wir von einer nicht geliebten Monarchie in eine Militärdiktatur. Zum Schluss ändert sich gar nichts für das Volk. Ob Königin oder General, alles sind Autokraten, die das Volk unterdrücken. Ich will damit nur sagen, dass die Macht aus dem Volk kommen muss, denn das Volk bestimmt die Mehrheit im Staat, und das braucht keinen Autokratismus. So wie du eine Präsidentin für dein Volk bist, so müsste das überall sein." „Aber Baldur, wir haben auch unter einer Königin gelebt und das hat eigentlich gut funktioniert, weil auch jeder in seiner Aufgabe funktioniert hat." „Das glaubst du so. Welche Rolle spielte denn das Militär bei euch?" „Sprechen wir nicht mehr darüber. Immerhin haben sich die Soldaten und die anderen männlichen Ameisen in der Katastrophe für uns geopfert".

Inzwischen waren sie auch schon in der Burg der Rotköpfe angekommen. Wir sind ein sehr gläubiges Volk und sind uns sicher, dass Gott der Ameisen uns Gerettet und dann auch noch zu einer Burg geführt hat, die nun unser Zuhause ist. „Sag mal Baldur. Glaubst du denn nicht an Gott" „Nein ich glaube an Wissen. Denn nur Wissen ist Macht. Wer an Gott glaubt, der Glaubt auch an den Teufel. Manche fühlen sich zu beiden hingezogen. Ich denke aber, jeder soll glauben was er will und damit selig werden. Baldur verabschiedete sich mit den Worten: „Wir werden ein andermal weiter darüber reden."

Baldur machte sich allein wieder auf den Rückweg. Es war inzwischen kalt geworden. Die Asche lag noch immer dick auf dem Boden und ließ kein Grün hindurch. Wenn wir einen strengen Winter bekommen, dann weiß ich nicht, wo wir das Futter herholen sollen. Dann gibt es nur noch Dürrfleisch und Trockenfutter, soweit genug vorhanden. Die Vulkanasche hilft bei der Erneuerung des Bodens. Das wird aber noch Jahre dauern. Wir haben schon mit viel Mühe von einigen Flächen die Asche abgetragen und Samen ausgelegt. Der Qualität der Ernte war aber mäßig, und die Menge lächerlich. Wir müssen nach Wurzeln graben. Vielleicht haben wir da mehr Erfolg. Ja, diesen Vorschlag musste er Wolle gleich unterbreiten, wenn er wieder in der Burg ist. Baldur brauchte nicht lange nach Wolle suchen. Natürlich war er bei seinen Soldaten in fröhlicher Runde. Immer dasselbe Spiel, dachte Baldur als er die angetrunkenen Soldaten da so dasitzen sah. Er konnte sich wiedermal nicht beherrschen und bezichtete sie der Korruption und Futtervergeudung. Das waren für Wolle zu viele harte Worte. Er jagte Baldur aus dem Keller und rief ihm hinterher, dass er sich hier nicht wiedersehen lassen sollte. Na ja, dachte Baldur. Da gibt es ja noch den General mit dem ich darüber sprechen kann, und das muss ich sofort tun.

Der General zeigte sich nicht gerade beglückt als Baldur ihm in seiner Ruhe störte. „Was hast du nun schon wieder auf den Herzen. Ich habe jetzt keine Lust zum Philosophieren. Komme andermal wieder." Nein General, es ist zu wichtig. Unsere Vorräte gehen zu Ende und draußen wird es kalt, und wir wissen nicht was für ein Winter auf uns zukommen wird. „Und was schlägst du vor, du Alleswisser." „General wir müssen unter der Asche nach Wurzeln suchen. Die Asche hat zwar das Gras verbrannt und verdeckt, aber im Boden finden wir bestimmt noch was Verwertbares." „Und wer soll so eine schwere Arbeit verrichten. Unsere Ernteameisen sind von der Futtersuche erschöpft und auch zu wenige." „Ja, ich weiß, aber da müssen die Soldaten mal mit ran. In dieser schweren Zeit wird jede Hand gebraucht. Die Soldaten sitzen doch nur herum und trinken Bier, was sie auch noch aus unseren Lebensmitteln herstellen." Die Art des Auftretens von Baldur schockte den General schon erheblich, aber er verstand den Ernst der Lage und versprach, sich darum zu kümmern. „Aber jetzt geh bitte. Ich muss nachdenken." Dann war er auch schon verschwunden. Baldur fühlte sich gekränkt. Keiner nimmt die Situation so richtig ernst. Jeder denkt nur an sich und seine Bedürfnisse. So kann der Staat nicht mehr lange funktionieren. Am liebsten wäre er weggelaufen. Aber wohin sollte er gehen. Nehle war ja auch schon weggelaufen. Aber das hatte ihm auch nicht glücklich gemacht. Baldur schaute dabei zum Himmel, als suchte er ihn dort. Bei den Großköpfen sah die Welt ja auch nicht anders aus. Auch sie wollten keine Überläufer, die sie selbst noch belasten. Es sei denn, sie hatten etwas zu bieten. Wie zum Beispiel: etwas Fressbares für lange Zeit. Diesen Wunsch konnte wohl keiner erfüllen. Deshalb sah man keinen von denen, die ihr glück bei den Großköpfen suchten, nie wieder. Was sind wir für ein Volk? Wir werden immer älter und bekommen keinen Nachwuchs. Wenn wir alle unsere Verstorbenen aufgefressen haben, dann bleiben von uns nicht mehr viel übrig, und ein anderer wird eines Tages in unsere Burg einziehen.

Baldur fand keine Ruhe. Er lief in der Burg auf und ab. Er war viel zu aufgeregt, um sich jetzt Schlafen zu legen. Jetzt hätte er auch gern ein Bier getrunken, aber bei den Soldaten konnte er sich nicht blicken las sen. Ich war vielleicht zu hart mit meinen Anschuldigungen, dachte er und musste eingestehen, dass er hier überhaupt keine Freunde mehr hatte. Hätte ich doch lieber die Klappe gehalten. Dann würde es mir jetzt auch besser gehen. Ändern tut sich hier sowieso nichts. Ich glaube alle Lebewesen sind so. Immer nur den eigenen Vorteil sehen. Gemeinnutz ist von keinem Interesse. So bald einer mal Erfolg hatte, will er immer mehr ohne Rücksicht auf Verluste. Na, mal sehen was der nächste Tag bringt. Ich versuche es doch mal zu schlafen.


Mikus seine Späher hatten beobachtet, wie die Rotköpfe, die sie nach Hause geschickt hatten, gleich nach ihrer Ankunft in ihrer Burg, weiter geleitet wurden zur Burg der Blauköpfe. Mikos schaute starr vor sich hin, und sprach mit Primus, ohne ihm dabei einen Blick zuzuwenden. „Wenn die Rotköpfe nicht wieder in ihre Burg zurückkommen, dann ist unser Plan gescheitert. Die Blauköpfe werden sie nicht am Leben lassen. Wir würden ja auch nicht anders handeln. Mit der Honigmethode hat das wohl nicht geklappt. Wir brauchen einen neuen Plan um die Rotkopfburg in unsere Hände zu bringen." Primus hatte da eine Idee. „Mikos, wir müssen die Rotköpfe zu einer Revolte bewegen, und ich habe da schon eine Idee. Du kannst dich doch an die Aussagen der Rotköpfe, die wir gefangen hatten, erinnern. Sie sprachen von einem gewissen Hofnarren der Königin namens Baldur, der aber schlau und gerissen war und indi-rekt Einfluss in das Leben der Blauköpfe nahm. Er sprach sich offen gegen das System der Monarchie aus und zeigte sich offen als Verbün-deter der unterdrückten Rotköpfe, und auch der Arbeiter bei den Blau-köpfen. Er strebt ein neues Gesellschaftssystem an, was der Königin und auch dem General missfällt. Am Anfang fanden sie das noch lustig, Aber bei den Problemen, die sie, wie wir alle zurzeit haben, sehen sie das jetzt anders. Sie würden ihn lieber nicht mehr in ihren Reihen haben, um in der Burg keinen Unfrieden zu stiften." „Primus, so einen wollen wir aber auch nicht haben, der hier alles in Unruhe versetzt. Als wir da-mals den Vertrag mit den Blauköpfen gemacht hatten, da war er als Wortführer mit dabei, und er führte große Reden. Der hat mich schon beeindruckt mit seinem Verhandlungsgeschick. Stell dir vor, er ist plötz-lich nicht mehr am Leben. Wem würden die Rotköpfe wohl die Schuld darangeben? Natürlich der Königin und dem General der Blauköpfe. Die

Rotköpfe würden einen guten Freund, der sich immer für sie eingesetzt hat für immer verlieren, und das wird sie wütend machen und zu Aufruhr bewegen. Sie bringen dann kein Futter mehr zu den Blauköpfen. Und das wird diese dann erheblich schwächen. Ein hungriger Soldat gewinnt keinen Krieg. Wir müssen das selbst in die Hand nehmen. Die Rotköpfe werden die Führung der Blauköpfe beschuldigen und anklagen und die Freundschaft mit ihnen kündigen. Dann kommen wir ins Spiel. Wie, das entscheiden wir, wenn unser Plan aufgegangen ist. Wir werden natürlich solidarisch mit den Rotköpfen protestieren, gegen eine solche hinterhältige Schandtat. Ja, wir haben einen Übeltäter und wir stehen als die Guten da. Wir sind die Nutznießer der ganzen Sache." „Das ist ein raffinierter Plan. Jeder wird die Schuldigen bei den Blauköpfen selber suchen. Nun bleibt aber die Frage, wie wir das geschickt anstellen. Das geht nur mit Hilfe von einem der Rotköpfe. Die Königstöchter lebten abgeschirmt von allen äußerlichen Einflüssen in ihren Königskammern und kannten nur das gute Leben und nicht die aufopferungsvolle Arbeit ihrer Bediensteten und der Arbeiter um ihnen so ein Leben zu ermöglichen. Die Königstochter, die geflohen war, glaubte daran, dass das immer so weiter gehen kann. Nun stand sie vor dem Nichts. Sie war eine begattete Königin, der es zustand einen eigenen Staat zu gründen. Wenn auch ein paar Männchen sie bewachen konnten, wo aber sollte sie ein Reich gründen. Sie blickte enttäuscht auf das Land, was nur aus Asche und Gestein bestand. Sie fühlte sich vom langen Flug geschwächt und brauchte eine Verschnaufpause. Nach minutenlangem ziellosem Flug entdeckten sie ein Fleckchen Grasboden. „Hier lassen wir uns erst mal nieder", rief sie Ihren Begleitern zu. Das war kein Terrain, wo sie für immer bleiben konnten. Aber es reichte erst mal für eine Verschnaufpause zum Ausruhen und für etwas zum Fressen zu suchen. Die Männchen gingen, nach dem sie sich etwas gestärkt hatten, wieder in die Luft um das Umfeld zu erkunden, aber sie fanden nichts, außer verbranntem Strauchwerk und diese kleine fruchtbare Stelle, wo sie sich niedergelassen hatten. „Königin, wir müssen zwischen den Sträuchern graben um erst mal eine Unterkunft für den herannahenden Winter zu haben. Wir werden in den nächsten Tagen immer malwieder weitersuchen, um so etwas, wie eine geeignete Burg zu finden. Unter den Sträuchern schaffen wir uns erst mal eine stabile Bleibe und finden im Boden auch noch etwas Fressbares." Die Männchen waren nun Arbeiter, Soldaten und Futterbeschaffer und Kammerzofen in einem. Durch die Aschedecke kamen sie schnell voran. Im Erdboden ging es schon schwieriger. Wichtig war erst mal eine warme Stelle für die Königin zu schaffen, damit die Befruchtung nicht umsonst gewesen war. Während die Männchen gruben flog die Königin in gewissen Zeitabständen in die

Luft um ihren Körper warm zu halten. Ein zu starkes Auskühlen würde die sich bildende Brut in ihr zerstören. Die Arbeiter bauten ihrer Königin erst mal provisorisch ein Nest und kleideten es mit trockenen Gräsern aus. „Das müsste fürs Erste reichen" sagte der kräftigste der Männchen, dem sie den Namen Kuno gaben. „Danke für den schönen Namen. Den eigentlich nur Helden Tragen." Die Königin lächelte ihre Kuno an versprach ihm für die Zukunft noch viele Heldentaten. Kuno schlug nun auch vor, der Königin auch einen angemessenen Namen zu geben. „Unsere alte Königin heißt doch Viola. Wie wäre es mit Violetta". Dieser Vorschlag kam gut an, und alle einigten sich auf eine Namensgebung aller Beteiligten. So schufen sie Die Grundlage für einen neuen Staat. Es wurde dunkel und kalt. Schnell verkrochen sich alle in die von ihnen geschaffene Höhle um fürden nächsten Tag Kraft zu schöpfen.

Am frühen Morgen kroch Kuno ans Tageslicht. Es war kalt und dichter Nebel behinderte die Sicht. Die anderen schienen noch zu schlafen. Er kroch zurück und wollte noch ein bisschen ruhen. Bei den anderen rührte sich nichts. Kuno sah sie sich genauer an und bemerkte, dass seine Kammeraden verkrümmt dalagen und nur noch schwach atmeten. Er war der einzige von ihnen der nicht am Begattungsakt der Königin beteiligt war. War es der Grund warum es ihm besser ging? War es der geflügelten Männchen so vorbestimmt, dass sie den Akt nicht überleben konnten? Wenn das so ist, dann stehe ich ja mit der Königin bald alleine da. Der Gedanke versetzte ihn in Angst und Schrecken. Ist die die Königin überhaupt in der Lage ihre Flügel zu behalten? Ihre Aufgabe ist es für Nachwuchs zu sorgen und nicht ein Nomadenleben zu führen. Die Königin schlief fest und sah zufrieden aus Er wollte sie jetzt nicht stören. Er legte sich neben sie und wartete darauf, dass sich der Nebel verzog und er weiter nach einer besseren Unterkunft suchen konnte. Es war schon mitten am Tag, als er von der Königin geweckt wurde. „Kuno, du bist der einzige, der noch am Leben ist, die anderen rühren sich nicht mehr." „Ja, Königin, ich weiß. Das ist das für sie bestimmte Schicksal. Wir müssen uns von nun an alleine durchkämpfen. Bleib du jetzt hier und schone dich. Mit dem Fliegen wird es bei dir auch bald vorbei sein. So ist das Leben. Ich werde die toten Kammeraden ins Freie transportieren. Die Sonne kann sie austrocknen, denn nur so können sie uns noch von Nutzen sein." Die Königin ließ sich in ihr Nest zurückfallen. Das war ihr jetzt alles zu viel für sie. Kuno drückte sie fest an sich und versprach ihr, dass alles gut geht und er sich immer um sie kümmern wird. Dann schliefen sie gemeinsam wieder ein.

Wolle, hatte es satt, immer in der Burg rumzukriechen und anderen zu sagen, was sie zu tun und zu lassen hatten. Er wollte auch mal wieder aktiv sein, so wie er es als Soldat immer gewohnt war. Kurzentschlossen teilte er dem General mit, dass er eine Expedition leiten will, um mal entfernteste Gebiete zu erkunden. „Wir haben hier keine Zukunft. Ich brauche einen klaren Kopf um einen neuen Plan zu entwickeln. Das funktioniert bei mir aber nur, wenn ich selbst gefordert werde. Wenn ich an meine Leistungsgrenzen gehen muss. Entweder ich komme eines Tages erfolgreich wieder zurück oder ihr seht meinen Trupp nie wieder." „Wolle tu, was du für richtig hältst. Hier gibt es für keinen von uns eine Zukunft. Nimm dir die besten Soldaten und genug Verpflegung sowie einen Schlitten mit. Du musst nicht alles schleppen und kannst uns vielleicht was Besonderes mitbringen." Wolle zögerte nicht lange und stellte einen Trupp von sechs Soldaten zusammen. Gemeinsam sahen sie sich als die glorreichen Sieben, die die Welt zum Guten zu verändern suchten. Im Morgengrauen zogen sie los, in eine Richtung, in der noch keiner von ihnen gegangen war. Keiner von ihnen wusste was sie erwartete. Am meisten fürchteten sie die Großköpfe, die ja auch ständig auf der Nahrungssuche waren. Der einzige Wegweiser war die Sonne, an deren Stand sie sich orientierten. Sie versuchten sich markante Punkte, wie alte Baumstümpfe oder Anhöhen einzuprägen, aber wenn sie lange unterwegs sind, werden sie sich das nicht alles merken können. Was war das für eine Gegend? Nur Aschefelder und ab und zu mal einen verbrannten Baum. Sollen sie hier wirklich ihr Glück finden? Die Soldaten waren schon vieles gewohnt. Aber was sollten sie in so einer kargen Wüste schon finden. Es war der Mut der Verzweiflung, der sie immer weiter vorantrieb. Um Kraft zu sparen redeten sie kaum miteinander. Ihr Schlitten war aus den Eisenbaumblättern gebaut und diente ihnen auch als Quartier für die Nacht. Sobald es dunkel wurde, krochen sie ins Innere des Schlittens und wärmten sich dichtgedrängt gegenseitig. So ging das schon mehrere Tage. Wenn sie nicht bald etwas finden, dann müssen sie umkehren. Ihre Vorräte reichen dann nur noch für den Rückmarsch. Das lag aber nicht im Sinn von Wolle. Er glaubte fest daran, dass sie das finden würden, nach was sie suchten um dann mit reichlichen Gaben in ihre Burg zurückzukehren. Wolle fühlte sich als der Messias, der Heilsbringer, der seinem Volk die Rettung bringt. Seine Soldaten waren da nicht so optimistisch. Ihnen lag nichts daran, als heroische und todesmutige Helden in die Geschichte einzugehen. Sie wurden langsam unruhig und drängten Wolle zur schnellen Umkehr. Doch Wolle besaß die Kunst der Überredung und Beeinflussung und stachelte die Soldaten immer wieder an weiterzulaufen. „Wir müssen bald am Ziel sein. Ich rieche schon das frische Grün." So vergingen weiterhin viele

Tage, ohne dass sie etwas gefunden hatten. Am nächsten Morgen stand Wolle vor einen Haufen missmutiger Soldaten, die sich weigerten weiter Befehle von ihm entgegenzunehmen. Einer von ihnen trat couragiert vor Wolle. „Wolle, wir haben uns entschieden keinen Schritt weiter in diese endlose Wüste zu laufen. Der Ruf der Heimat wird uns in die Lage versetzen den Rückmarsch mit hungrigen Magen zu durchzustehen. Wenn nicht, dann werden wir eben ohne Ruhm und Ehre zugrunde gehen. Aber das ist uns dann auch egal." Wolle blickte enttäuscht in die Gesichter seiner Mannen. „Ihr habt Recht. Wer soll schon von unserem Heldentum berichten, wenn das keiner von uns mehr berichten kann. Aber wir gehen einen anderen Weg zurück. Wind und Sonne sollen uns leiten. Wir werden einige Kilometer parallel zu dem Weg gehen von dem wir hergekommen sind. Dann haben wir unseren Auftrag zu dieser Expedition erfüllt und müssen uns nichts verwerfen. Das Ergebnis so einer Studienreise kann mal auch negativ ausfallen" Ein zustimmendes Nicken war die Antwort der Soldaten. Was sollten sie auch schon dagegen sagen. Sie packten all ihre Sachen zusammen und machten sie sich auf den vorgegebenen Pfad in Richtung Heimat. Die knurrenden Mägen bewirken einen kurzweiligen Humor auf dem Marsch, aber der Ernst der Lage ließ keine Freude mehr aufkommen. Stumpfsinnig krochen sie dahin. Ja, kein bisschen Kraft vergeuden und nicht ans Fressen denken. Ausgehungert und völlig erschöpft brach der erste der Soldaten zusammen. Zwei andere hoben ihn auf und legten Ihn auf den Schlitten. Mit dem Ziehen des Schlittens wechselten sie sich ständig ab. Auch Wolle machte da keine Ausnahme. In der Not ist sich keiner zu schade, da frisst auch die Königin Dreck. Sie mussten nun schon öfter Pausen einlegen um wieder Kräfte zu sammeln. Insgeheim dachte wohl jeder schon an den Tod des inzwischen ohnmächtigen Soldaten. Der Tod des Einen kann das Leben der Anderen retten. Diesen Spruch hatten sie schon oft in ihrem Soldatenleben gehört und auch so verstanden. Nach einer längeren Pause hatte sich der entkräftete wieder etwas erholt. Er hielt sich am Schlitten fest und ließ sich so mitführen. Bevor sie eine weitere Pause einlegen wollten, strömte ihnen ein bekannterDuft entgegen. Alle waren sofort hell wach. Hier in der Nähe musste Gras sein. Die Soldaten ließen den Schlitten los und rannten in die vermeidliche Richtung. Und sie wurden diesmal nicht enttäuscht. Eine kleine Oase breitete sich vor ihnen aus. Auf einen Hügel hatte der letzte Regen die Asche runtergespült und etwas sprießendes Grünzeug freigegeben. Wie von Sinnen wälzten sie sich im frischen Grün und stopften das Gras in sich hinein. Das war die Rettung in letzter Minute. Wolle blickte lange zum Himmel. Das konnte nichts Gutes verheißen. Das was sie jetzt nicht gebrauchen konnten war Regen. Der machte den

Boden unpassierbar. Wolle behielt sichtlich die Ruhe und ließ Futter für die noch lange Reise auf den Schlitten schnüren. Da es schon in fortgeschrittener Stunde war, gab er den Soldaten bis zum nächstenMorgen freie Zeit zu Fressen, Spielen und zum ausgiebigen Schlaf. Die immer eng aneinander unter dem Schlitten liegen mussten hatten das mittlerweile auch satt. Sie begannen sich eine Unterkunft selbst zu suchen. Da war doch dichtes Strauchwerk. Das ist immer ein guter Schutz., wo man sich schön verkriechen kann. Einer der Soldaten glaubte an ein Wunder. Als hätte ihm ein höheres Wesen seine Wünsche erhört, tat sich vor ihm der Eingang einer Höhle auf. Sein freudiger Ausruf lockte auch gleich die anderen an, die auch sofort in die Höhle einzudringen versuchten. Aber was ist das? „Hier bewegt sich etwas" rief einer der Soldaten aus der vordersten Reihe. Wolle hörte die kräftigen Ausrufe und machte sich sofort zu der Höhle. Nach dem der erste Schreck verflogen war tasteten sich die Soldaten weiter vor und entdeckte zwei fremde Ameisen. Wolle drängte sich an den anderen vorbei und schaute sich die kleinen Fremden genauer an. „Eine Königin", schrie er laut heraus. „Wir haben eine Königin gefunden, und sie hat sogar einen Fruchtsack. Dem Begleiter der Königin schenkte niemand auch noch die geringste Aufmerksamkeit. Die Ameise saß kraftlos in einer Ecke und warfroh nicht sofort attackiert zu werden. Sie war sowieso wehrlos und hatte auch ihre Flügel verloren. Wolle setzte sich gleich neben der verängstigten Königin und wollte erfahren, wer sie ist, und was sie hier so alleine macht. Die Königin hatte noch nie Blauköpfe gesehen und verhielt sich sehr zurückhaltend. Wolle hatte Erfahrung darin, wie man Vertrauen gewinnt und umschmeichelte sie mit schönen Worten. Die Königin wusste nicht so recht ob die Entdeckung für sie Rettung oder Untergang war. Wolle legte sich neben sie, um sie zu wärmen und wünschte ihr einen erholsamen Schlaf. Sie wird bald merken, dass wir es gut mit ihr meinen. Welch ein Fund, dachte Wolle. Das wird alle Erwartungen an seine Expedition übersteigen. Am nächsten Morgen, wenn sich die Angst der Königin verflogen hat, wird sie reden. Egal wo sie herkommt und wer sie ist. Sie wird unseren Staat bereichern. Schon im Morgengrauen war Wolle hellwach. Es war ein schöner Schlaf, so nah und warm neben einer Königin. Er forderte alle auf nach draußen zu gehen und sich auf die Heimreise vorzubereiten. Die Königin schien auch gewillt zu sein, mit dem Trupp mitzugehen. Besser so, als hier zu verrecken dachte sie und suchte auch gleich die Nähe zu Wolle, den sie als ihren Retter ansah, und dem sie sich ergeben zeigte. Gut gestärkt setzte sich der Trupp in Bewegung. Es war eine feuchte Luft, aber zum Glück hatte sich der Regen in der Nacht zum Morgen aufgehört. Wolle wusste, es wird schwierig werden sich durch die nasse Asche zu schleppen. Aber der Drang nach Hause wird bei allen die letzten Kräfte mobilisieren. Den Bewacher der Königin ließen sie zurück. Sie fanden ihn zu schwach um diesen harten Marsch zu überstehen, und außerdem wollte Wolle keine Fremden in seine Burgmitbringen. Mit der Königin war das anders. Denn die Blauköpfe brauchten eine neue Königin die ihnen Nachwuchs beschert. Und diese Königin ist begattet und führt schon einen Brutsack mit sich. Was er allerdings bemerkt hatte behielt er erstmal für sich. Die Königin stammte von den Großkopfameisen ab. Aber wenn wie sie erstmal eine Weile bei uns haben, dann wird sie denken, sie ist eine von uns. Die Königin erzählte Wolle ihre spannende Geschichte vom Hochzeitsflug bis hin zu ihrer Flucht. Sie glaubte für immer frei zu sein und hatte nicht bedacht, dass sie ihre Flügel sowieso verlieren würde. Sie weiß nun, dass diese Flucht sinnlos war, und sie sich als Königin dem Volk und der Burg zuwenden muss. Aber das soll nun für immer bei den Blauköpfen sein. Das versprach die Königin ihrem verehrten und vertrautem Wolle. Wolle legte die Königin zwischen das Gras auf den Schlitten. Sie sollte es auf der Reise warm haben. Die Königin kannte noch die Richtung aus der sei hergeflogen kam. Dadurch konnte Wolle die Route bestimmen. „Wir werden uns leicht rechts halten, dann kommen wir im genügenden Abstand an der Burg der Großköpfe vorbei, ohne bemerkt zu werden. Aus der etwaigen Dauer des Fluges der Königin von ihrer Burg zu diesem Versteck konnte Wolle die Entfernung zu seiner Burg errechnen. Er ermunterte noch mal seine Soldaten Disziplin zu wahren und versicherte ihnen, dass sie bei einem sparsamen Umgang mit dem Futter ihre Burg in nicht zu langer Zeit erreichen. Sie würden in der Heimat in Ehren empfangen.

Baldur hatte wieder mal lange bei den Rotköpfen verbracht. Er war müde von den langen Diskussionen, die er ja ständig mit den Rotköpfen führte. Er wollte zurück zu seiner Burg, obwohl er gern bei den Rotköpfen war. Eigentlich fühlte er sich nirgendwo so richtig zu Hause. Die beste Entspannung war immer noch der Weg. Er machte sich, wie so oft allein auf den Weg. Es war schon ziemlich spät am Abend, und er fürchtete sich im Dunkeln. Auf dem Weg gab es viele Versteckmöglichkeiten hinter den Aschehügeln. Als er an der Burg ankam war es schon vollständig dunkel, aber Baldur kannte den Weg, deren Trampelspuren er noch erfühlen konnte. Er atmete tief durch. Schon fast geschafft. Gleich bin ich da. Plötzlich tauchten zwei riesige Gestalten vor ihm aus der Asche und fielen über ihn her. Er fühlte den Schmerz von Schlägen und Würgen und verlor das Bewusstsein. Keiner hatte gesehen, wie sich zwei schwarz gefärbte riesige Figuren mit großem Köpfen von der Burg in eine unbekannte Richtung entfernten. In der Burg wartete keinerauf ihn. Er hatte dort, außer den Erntearbeitern, keine Freunde. Und die vermissten Baldur zurzeit aber auch nicht. Alles Interesse in der Burg galt nur der Expeditionstour von Wolle, und der Hoffnung das diese mit großen Futtertransporten und neuen Entdeckungen wohlbehalten zurückkehrt. Wolle hatte seinen Trupp sicher ohne Verluste und mit reicher Beute zurückgebracht. Die Wachposten auf der Anhöhe der Burg hatten die Anrückenden schon von weitem erkannt und dem General gemeldet. Der General bestieg die Burg um sich zu überzeugen, dass das auch der Trupp von Wolle ist. Noch konnte er keine Einzelheiten erkennen. Es waren zehn Soldaten mit einem Schlitten, so wie sie damals die Burg verlassen hatten. Das konnte nur Wolle sein. Plötzlich verharrte der Trupp. Was ist los, dachte der General. Die müssen uns doch schon sehen. Warum halten sie inne? Der General rief sofort nach Nolke und befahl ihm mit ein paar Soldaten wolle entgegenzugehen.

Wolle war schon in guter Stimmung als er Die vertraute Burg vor sich sah. Oh, werden die sich freuen über das was wir ihnen mitgebracht haben, dachte er. Aber dann kam der Schock. Auf dem Weg lag eine verkrümmte bewusstlose Ameise. Wolle überprüfte den Puls und bemerkte, dass noch ein kleines bisschen Leben in diesem Wesen steckte. Er erkannte auch sofort, dass diese schwerverletzte Ameise eine Blaukopfameise von ihnen war. Es war zweifelslos Baldur. Der musste schon mindesten zwölf Stunden da gelegen haben. Nein, das war kein Unfall, hatte Wolle sofort bemerkt. Er hatte einen Schlag auf den Kopf bekommen und dann wurde er auch noch am Hals gewürgt. Es war wie ein Wunder, dass er überhaupt noch lebte. Einer der Soldaten mit Erfahrung in der Erstversorgung von Soldaten rieb die klammen Körperteile mit Asche ab, um sie zu erwärmen. Inzwischen war auch Nolke bei dem Trupp angekommen und erschrak über das Häufchen Unglück, was da vor ihm lag. Ohne auf die Mitbringsel zu achten, nahm Nolke Baldur in den Arm und lief zu Burg. Die anderen Soldaten halfen den geschwächten Soldaten des Trupps den Schlitten zu ziehen. Der General wusste nicht recht, wem er sich zuerst zuwenden sollte. Zu Nolte sagte er nur kurz:"Schaff den Halbtoten zu Laurin. Die soll ihn wieder aufpäppeln, oder auch nicht." Dann wandte er sich Wolle und dem Schlitten zu. Wolle sprach kein Wort. Er schob das Gras beiseite und wartete auf die Reaktion des Generals. Der war sichtlich ergriffen und starrte auf das Mitbringsel auf dem Schlitten. „Das ist doch eine Königin. Wo habt ihr die den aufgegriffen." Er sah aber auch sofort, dass eine Großkopfameisenkönigin war, und er wusste erstmal nicht wie er damit umgehen sollte. Wolle bemerkte das unsichere Gefühl des Generals und bat ihn vorerst zu schweigen. Vorsichtig schob Wolle das Gras wieder über die

Königin und zog den Schlitten in die Burg. „Wir müssen das in der Burg mit unserer Königin in vertraulicher Runde besprechen und nicht hier vor allen." „Ja, aber wie wird die Königin reagieren. Die flippt doch total aus. „„Neben mir soll es keine andere Königin geben"", hatte sie doch immer getönt." „Die Königin werden wir vor vollendeten Tatsachen stellen. Schließlich muss sie selbst wahrnehmen, dass ohne Nachwuchs unser Staat zugrunde geht, und sie ja selbst nicht mehr in der Lage ist für Zuwachs zu sorgen." Wolle zog den Schlitten in die für eine Nachwuchskönigin vorbereitete Königskammer. Dieses zweite Gemach lag direkt neben der Kammer der Königin Ladina. Der General lief vorne weg, um die Lage zu erkunden. Wolle zog langsam, jedes Geklapper des Schlittens zu vermeidend. Kurz vor dem Gemach der Königin Ladina hielten sie inne. Der General sondierte die Lage und positionierte sich vor dem Eingang der Königin. Er würde sie aufhalten, wenn sie etwas mitbekommt. Wolle hatte schon zwei Kammerzofen für die neue Königin angefordert. „Wenn sie sich eingerichtet hat, dann gehen wir zu Ladina und machen sie mit den Neuigkeiten bekannt." „Ja, Walnuss, aber ich bleibe lieber bei der Neuen. Ladina wird vor Wut schäumen und toben. Du kannst das besser ertragen. Ich habe in den letzten Tagen schon viel Stress erlebt. Wenn sie sich etwas beruhigt hat, dann bring sie hier her und stelle sie der neuen gegenüber. Wir werden sehen, ob sich eine Beziehung entwickelt. Auf jeden Fall müssen wir das Gebaren der Königin immer beobachten, und wir dürfen die beiden nie ohne Aufsicht lassen. Irgendwann wird sich Ladina mit dem Verhältnisse abfinden, und vielleicht sogar Freundschaft schließen. Schließlich hat sie ja nun eine Aufgabe als Pflegemutter zu erfüllen."

Die zwei angeforderten Kammerzofen waren inzwischen eingetroffen und konnten es kaum fassen, was sie da sahen. Sie glaubten Ladina einen Dienst zu erweisen, und nun saß da eine völlig fremde Person ihnen gegenüber. Wolle griente die beiden schelmisch an." Das wird unsere neue Königin. Wir haben sie auf unserer Expedition in einem miserablen Zustand aufgefunden, sie notversorgt und ihr so das Leben gerettet. Sie soll nun in nicht so langer Zeit für Nachwuchs für uns sorgen." Wie sollen wir sie denn nennen?" „Ja, daran habe ich ja noch gar nicht gedacht. Ich finde, wir sollten sie Sonni nennen, denn wir haben sie an einem sonnigen Tag entdeckt. Der jungen angehenden Königin war es aber egal, wie sie sie nannten. Die zwei zukünftigen Kammerzofen waren noch immer fassungslos. Dann platzte es aus ihnen heraus. „Sehen die Kinder, die diese Königin zeugen soll, denn dann genauso aus, wie diese?" „Ja, ihr Beiden, so ist das Leben, aber das bleibt unter uns. Darüber darf in der Burg niemals gesprochen werden. Ihr habt hier eine

Vertrauensstellung. Und glaubt mir. Diese Königin ist eine freundlich gesinnte zukünftige Gebieterin unseres Volkes." „Und was wird aus unserer jetzigen Königin?" „Sie bleibt die Mutter der Blauköpfe, so sie ihre Aufgaben dafür bis zu ihrem Lebensende erfüllt, und nun kümmert euch um das Wohl eurer Herrin." Der General stand noch immer in der Tür und suchte noch immer nach den geeigneten Worten für den Gang zur Königin Ladina. Er bekam aber keine Zeit mehr für lange Überlegungen, denn plötzlich stand die Königin hinter ihm. Jetzt konnte sich auch Wolle nicht wie gewöllt schnell verdrücken. Der Schock stand allen im Gesicht geschrieben. Die alte Königin Ladina stand wie angewurzelt in der Tür und traute ihren Augen nicht. Sie starrte die junge Neue fassungslos an und, drehte sich zu Walnuss und schlug ihm mit der Hand kraftvollins Gesicht. „Du Verräter hintergehst mich mit so einem Großkopfflittchen. Du hast mir für immer Treue geschworen, und nun willst du mich auf so eine hinterhältige Art loswerden," „Nein, Königin komm wir gehen in deine Kammer und ich erkläre dir alles. Du musst mir vertrauen. Du bleibst doch unsere Königin. Es geht doch hierbei nur um die Produktion von neuen Soldaten für uns. Die Königin setzte sich in ihren Lehnstuhl und starrte ihren General ungläubig an. „Walnus, sag, was willst du mir erklären?" „Ladina, Baldur hat diese Königin ausgemergelt bei seiner Expedition aufgegriffen und sie so vor dem sicheren Tot gerettet. Ja, es ist eine ausgebüchste Königin der Großköpfe, aber das ist jetzt erstmal egal, denn wir brauchen sie um Nachwuchs heranzuziehen. Du musst dich damit abfinden. Die neue Königin heißt Sonni und es kann auch für dich eine gute Kameradin sein. Sie ist ein gutes Wesen." „Was heißt hier gut. Wir sind alle gut, aber eben anders gut. Ihr wollt mich nicht mehr als Königin." „Doch, ihr seid unsere Königin, und das können und wollen wir auch nicht ändern. Die Neue wird sich nach geraumer Zeit ihrem Umfeld anpassen, und dann sieht man Ihre Herkunft nicht mehr an, und unser Staat kann weiter fortbestehen." Nolke fiel es nicht schwer Baldur auf seinen Armen zu tragen, Baldur war von schwacher Gestalt. Das einzige was wog war sein Gehirn, denn er war damit überdurchschnittlich begnadet. Nolke legte Baldur vorsichtig auf ein Strohlager in Laurins Kammer und prüfte nochmal seinen Puls. Sein Herz hatte noch nicht aufgehört zu schlagen, das war ein gutes Zeichen. Lorin konnte es kaum fassen was mit Baldur geschehen ist. Wenn er wieder bei Bewusstsein ist, wird er unsvielleicht sagen können, wer ihn so zugerichtet hat. Die, die ihm umbringen wollten, hatten nicht mit seiner Widerstandskraft gerechnet. Sie werden davon überzeugt sein, ihn getötet zu haben. Irgendwann werden sie sich selbst verraten. Auch wenn Baldur sie nicht erkannt hat. Lorin hatte ein gutes Einreibemittel. Damit hatte sie schon so oft verletzte Soldaten wieder zum Leben erweckt. Das muss auch Baldur helfen. Lorin diagnostizierte drei Knochenbrüche und eine Gehirnerschütterung. Ein paar ihrer vertrauensvollen Ernteameisen sollen Baldur bewachen, um einen weiteren Anschlag zu verhindern. Es wusste ja keiner aus welcher Richtung der Feind zu erwarten war. Baldur braucht jetzt erstmal viel Ruhe. Dann wird er auch wieder zu Kräften kommen.

Bei den Großköpfen standen zwei dunkle Gestalten am Waschtisch und reinigten ihre verschmierten Gesichter. Mikos hatte sie zur Berichterstattung vorgeladen. Alle waren in guter Stimmung. Mikos hatte denn Tisch reichhaltig für sein Mordkommando gedeckt. Er war sicher, dass sein Plan aufgegangen war. Es war die bessere Variante, als Rotköpfe da mit einzubeziehen. Das hätte mehr Aufwand bedeutet und wäre eines Tages doch ans Licht gekommen. Die zwei Soldaten hatten ihre Aufgabe gut erfüllt. Bei den Blauköpfen werden alle denken, dass die Attentäter aus ihren Reihen stammen. Schließlich fand der Anschlag vor ihrer Burg statt. Und die Rotköpfe werden sich sicher sein, dass der General und die Königin dahinterstecken. Denn die hatten Baldur schon immer auf den Kieker. Als ein paar Rotköpfe Futter zur Burg der Blauköpfe brachten, ahnten sie noch nicht, dass dort alles in Unruhe versetzt war. Lorin empfing die Rotköpfe wie immer freundlich aber gedankenversunken still. Im Vorratslager bei Lorin fanden sie den Grund der Betrübnis. Da lag ihr Freund so saft – und kraftlos vor ihnen. Was ist mit Baldur unserem Freund passiert, wollten die Rotköpfe wissen. Laurin erzählte ihnen von dem Vorfall und dass sie zurzeit bemüht sind zu ermitteln, wer das wohl gewesen sein könnte. Für dir Rotköpfe stand der Schuldige schon fest. Das konnte nur einer im Auftrag der Königin oder des Generals gewesen sein. Sie hielten sich in ihren Klagen aber zurück um nicht selbst noch in Schwierigkeiten zu geraten. So etwas kann jeden von uns passieren, dachten sie und hatten jetzt nur noch einen Wunsch, schnell hier weg. Im Eilmarsch verließen sie die Burg. „Das ist wohl die neue Methode sich ungeliebter Mitglieder des eigenen Volkes eiskalt zu entledigen", meinte eine beim Gehen. Als die Rotköpfe ihrer Burg erreichten liefen sie sofort zu Rossi. Die Empörung war groß. Baldur war ein Andersdenkender, aber kein bösartiger Mensch. Er stand immer auf der Seite der Armen und unterdrückten. Sollte er deshalb sterben? Wollte die Führung der Blauköpfe nicht, dass Gerechtigkeit in ihrem Staat einzieht? Oder haben sie Angst um den Verlust ihrer Macht? Bei den Rotköpfen sprach sich das rum wie ein Lauffeuer. „Wir dürfen das nicht so hinnehmen. Das muss Konsequenzen nach sich ziehen. Wir müssen den Blauköpfen das spüren lassen", rief Rossi in die sich inzwischen versammelte Menge. Aber was sollten sie tun? Sie hatten weder die Macht noch die Kraft für harte Gegenmittel. Wenn wir ihnen kein Futter mehr bringen, dann werden sie sich es gewaltsam von uns holen, und wenn wir kein Futter mehr beschaffen, dann haben wir selbst nichts mehr zum Fressen. Sie grübelten noch lange, bis in die Nacht hinein, aber sie kamen zu keinem Ergebnis.

Mikos hatte die Reaktion bei den Rotköpfen erhofft. Ja, sogar erwartet. „Jetzt schlägt unsere Stunde. Jetzt müssen wir uns als die Guten bei den Rotköpfen präsentieren. Wir schicken ihnen eine Botschaft mit Beileidsbekundungen, bieten ihnen Hilfe und Unterstützung an und versuchen sie auf unsere Seite zu ziehen." Lote hatte da auch schon eine Idee." „Wir werden zu den Rotköpfen hingehen, Ihnen Mut zusprechen und ihnen anbieten gegen Goldnuggets Futter zu und zu bringen. Jeder ist bestechlich. Mit diesem glänzenden Stoff können sie zwar nichts anfangen, aber schon alleine der Besitz versetzt sie in Glücksgefühle. Wenn sie begreifen, dass wir sie auch nur ausnutzen, dann ist es für sie für ein Zurück zu spät. Es wird eine Spannung zwischen den Rotköpfen und den Blauköpfen entstehen, die dann irgendwann zu einer Entladung führt. Von denen kann es keinen Gewinner geben. Die Nutznießer sind nur wir, wenn wir es schaffen, dass die Rotköpfe einen großen Teil des von ihnen gesammelten Futter zu uns bringen. So fügen wir den Blauköpfen erheblichen Schaden zu. Ohne zusätzliches Futter und mit ihrer alten unfruchtbaren Königin sind sie schon bald zum Untergang verdammt.

Die Königin Ladina saß noch immer in ihrem Lehnstuhl und grübelte über die Dinge, die sie so aus der Bahn geworfen hatte. Da haben sie die Frechheit mir meinen Nachfolger zu präsentieren, und dann soll ich dieses Flittchen auch noch auf Händen tragen. Was muten die mir eigentlich zu? Langsam erhob sie sich und ging in die zweite Kammer. Wie ekelhaft, wie die Zofen meines Volkes diese hässliche Dirne umschwärmten und verwohnten. Wie sie so lachten. Sie fühlte, als lachten sie über sie. Nein, das kann ich nicht ertragen. Jetzt kann nur noch das Pilzgift helfen. Sie schickte ihre vertraute Zofe in den Pilzgarten um ein Extrakt des giftigen Pilzes zu holen.

Wolle war gerade dabei die Pilzkulturen zu überprüfen. Der Pilzgarten hatte sich prächtig entwickelt. Wenn wir weiter so gut düngen, dann wird der Pilzgarten sich ständig vergrößern und einen wesentlichen Beitrag für unsere Versorgung leisten. Im Pilzlabor gleich nebenan bemerkte er eine Arbeiterin, die nach Pilzsporen suchte. Beim genauen Hinsehen erkannte Wolle eine Zofe der Königin. „Oh, wen sehe ich denn da. Willst du etwa bei der Pilzzucht mithelfen, oder willst du selbst Pilzzüchter werden"? „Nein, ich soll für die Königin einen Pilzextrakt holen. Sie braucht das zu ihrer Beruhigung." Wolle schaute sich das Fläschchen, was die Zofe abgefüllt hatte, genauer an und machte eine Geruchsprobe. Der Geruch kam ihm bekannt vor. Er goss die Substanz zurück in den gesicherten Hauptbehälter und füllte eine harmlose Flüssigkeit in die Flasche. „Nun geh, und bringe das deiner Königin" rief Wolle und wandte sich wieder den Pilzgarten zu. Die Pilzgärtner kamen gerade mit einem Ballen vergorener Pflanzen und erweiterten die Basisfläche. „Wo holt ihr das her", wollte Wolle wissen. „Das ist der Abfall bei der Getränkeherstellung", sagte einer der Arbeiter. Wolle wusste Bescheid, wollte aber nichts mehr davon hören. Die Arbeiter ermahnte er, das Labor nicht wieder ohne Aufsicht zu lassen. Der nächste Weg führte ihm zu Lorin. Von ihr würde er mehr über den Pilzgarten und die weiteren Pläne erfahren. Bei Lorin konnte er auch Baldur besuchen. Baldur war inzwischen wieder bei Bewusstsein und blickte Wolle mit dankbaren Blicken an. Sein Gesicht war noch zugeschwollen und das Sprechen viel ihm schwer. „Baldur streng dich nicht an. Ich weiß was du sagen willst. Du siehst dich hier in guter Gesellschaft und wirst bald wieder Reden und Laufen können. Wenn dir einfällt, wer dich so zugerichtet hat, dann lass mich das sofort wissen. Es werden Stimmen laut, die behaupten es wären unsere Soldaten gewesen. Ich kann das nicht glauben und will das schnell aufklären. Durch den Regen in der Nacht waren alle Spuren verwaschen, und als wir dich gefunden hatten, haben wir leider alles um den Tatort zertreten. Wir konnten aber keine Spuren aus unserer Burg kommend entdecken. Wer sollte Interesse daran haben, dich umzubringen. Das ergibt für mich keinen Sinn. Aber ich gebe nicht auf bevor ich die Täter gefunden habe.

Wolle musste jetzt sofort zu ladina. Was wollte sie mit dem Pilzsubstrat? Sie hat noch nie so etwas angefordert. Auch nicht, wenn es ihr mal nicht so gut ging. Wolle hatte da so einen Verdacht. Da war doch schon mal mit Giftpilzen. Damit wollte Nehle die Königin vergiften, bevor er von der Burg zu den Großköpfen flüchtete. Aber was hat die Königin damit vor? Sie wird sich doch nicht selbst umbringen wollen? Nein, die hängt zu sehr an ihrem Leben und an ihrer Macht, und flüchten würde sie auch nicht. Dazu brauchte sie einen Grund und auch die Kraft, die sie ja nicht mehr hat. Vielleicht hat sie mit der neuen Königin was vor. Jetzt kommt Wolle ein Verdacht. Die Königin wollte das Gift nicht für sich als Medikament, sondern um die Junge Königin zu töten. Walnuss und Wolle waren sich eigentlich einig darüber, dass Ladina den Grund für die Aufnahme der neuen Königin in die Burg verstanden, und akzeptiert hat. Scheinbar hat sie ihre Meinung doch nicht geändert und will Sonni schnell loswerden. Da ist Zeit im Verzug. Wolle beeilte sich, so schnell wie möglich zu Sonni zu kommen. Er mochte sie, und sie ihm ja auch.

Als er zu den Königskammern kam, stand die Tür zu Sonni offen. Wolle ahnte schlimmes und stürzte in die Kammer. Da saß Ladina neben Sonni und plauderte mit ihr, als würden sie seit langem gutem Freund sein. Ladina hielt Sonni einen Becher mit einem Getränk entgegen und forderte sie auf gute Freundschaft einen Schluck zu trinken. Sonni war überglücklich endlich Frieden mi der Königin gefunden zu haben und nahm einen kräftigen Schluck. Wolle wusste was im Becher war und forderte nun die Königin auf das Gleiche zu tun. Um ewige Freundschaft zu schließen müssen beide aus dem gleichen Becher trinken. Die Königin sträubte sich dagegen und behauptete, dass sie krank sei und so einen Freundschaftsdring nicht zu sich nehmen darf. Wolle nahm von Sonni den Becher und drückte ihn der Königin in die Hand. „Wenn du krank wärst, dann würdest du jetzt nicht hier sitzen und so einen Aufwand betreiben. Also trink jetzt." Nein, ich kann nicht." Tränen liefen ihr über das Gesicht. „Nein, ich kann das nicht. Wenn ich das jetzt auch trinke, dann habt ihr überhaupt keine Königin mehr. Sie stand auf und wollte in ihr Gemach. „Keine Angst Ladina. Du kannst dich wieder setzen. Ich habe das Sekret ausgetauscht. Du hättest das beruhigt trinken können. Aber nun ist alles klar. So geht es hier mit dir nicht mehr weiter. Ich werde mit dem General beraten, wie wir weiter mit dir umgehen." Die Königin verschwand in ihrem Gemach, ließ sich in ihrem Lehnsessel fallen und stieß laute Schreie aus. Doch keiner ließ sich mehr davon beeindrucken. Im Gegenteil, Jetzt wollte keiner mehr mit ihr etwas zu tun haben. Wolle vermutete sogar, dass die Königin damals ihre eigene Brut getötet hat, um ihre Stellung allein in der Burg für immer zu sichern. Welch eine Abscheulichkeit.Baldur lag, schon mit Hoffnung auf weitere Besserungen seines Gesundheitszustandes, auf seiner Liege und versuchte sich an alles Vergangene zu erinnern. Das einzige was ihm dazu einfiel war die Kraft derer, die ihm überfallen hatten. Er überlegte, ob unter den Soldaten der Blauköpfe überhaupt einer so kräftig gebaut war. Nein, er konnte es nicht glauben, dass es welche aus unseren Reihen waren. Auch wenn der General ihn oft verfluchte, so würde er es doch nicht wagen so einen Schritt zu gehen. Dafür war Baldur zu bekannt und auch von der Führung geduldet. Er versuchte aufzustehen, aber es gelang noch nicht. Zumindest könnte er seine Arme schon frei bewegen. Das es täglich immer besser wurde, gab ihm die Kraft daran zu glauben, dass es nicht mehr lange dauern kann bis er wieder seine geliebten Rotköpfe besuchen kann.

Die Rotköpfe konnten Baldur schon eher sehen als er gedacht hatte. Eine Delegation der Rotköpfe, unter Leitung ihrer Führerin Rossi, stand vor der Burg der Blauköpfe und forderten Einlass. „Wir wollen Baldur sehen und fordern Euch auf, den Mordanschlag auf Baldur aufzuklären und die Schuldigen zur Verantwortung zu ziehen. Wenn ihr die Täter nicht bestraft, dann werden wir euch nicht mehr mit Futter versorgen." Der General hatte sie schon von weiten kommen sehen und sich gewundert, was da so viele auf einmal von ihm wollten. Nun stand er wie ein König vor der Burg und hörte sich das Anliegen der Rotköpfe aufmerksam an. „Ihr sei hier an der falschen Adresse. Wir haben Baldur nichts getan. Das war keiner meiner Soldaten." Rossi trat dicht an den General heran und behauptete fest, dass er, der General selbst dahinter diesem Anschlag steckt. Das wollte der General nicht auf sich sitzen lassen und rief nach seinen Soldaten. Dass hatte Lorin auf den Plan gebracht. Um schlimmes zu verhüten, ging sie auf Rossi zu und übermittelte ihr und ihrem Volk liebe Grüße von Baldur. „Baldur ist auf den Weg der Besserung und will euch, sobald er wieder laufen kann, besuchen." Das ist schön und gut, aber wir wollen uns selbst davon überzeugen." „Na gut, Rossi, zwei von euch können mit mir mitkommen und sich von der ärztlichen Versorgung und seiner Verpflegung überzeugen." Rossi zögerte nicht lange, nahm eine Arbeiterin, die ihr am nächsten stand an die Hand und folgte sogleich Lorin in die Burg. Der General ließ sie gewähren, denn es um Futter geht, dann ist er auch mal bereit nachzugeben. Er ließ Lorin gewähren, denn er hatte keine Befürchtungen, dass der Auftritt der Rotköpfe aus dem Ruder läuft. Um nicht weiter attackiert zu werden zog er sich langsam in die Burg zurück. Laurin hat das schon im Griff und wird die Rotköpfe beruhigen.

Rossi stand an der Liege bei Baldur und streichelte seinen Kopf. „Rossi, wenn du so weiter machst, dann werde ich viel schneller gesund als mir recht ist. Ich werde hier gut versorgt. Lorin kümmert sich um mich wie eine Amme und lässt keinen an mich heran. Ich habe lange darüber nachgedacht, was mit mir passiert ist, und bin mir sicher, dass es hier bei uns keinen gibt, dem ich das zutraue. Mein Spürsinn wird die Täter eines Tages entlarven." Diese klare Aussage beruhigte Rossi etwas, obwohl ihr Misstrauen gegen den General geblieben war. Lorin führe Rossi wieder nach draußen und verabschiedete sich freundlich. Rossi ging auch gleich zu den ihren, die gespannt auf eine Erklärung gewartet hatten. Dann verließen die Rotköpfe etwas beruhigter die Burg und traten denRückweg an. Noch bevor sie ihre Burg erreichten, kamen Binsi und Mulli sichtlich aufgeregt entgegen. „Kalli hat uns berichtet, dass sie, als sie von der Futtersuch zurückkamen, von zwei Großköpfen Angesprochen wurden. Sie wollten wissen, wie es Baldur geht und verurteilten den Anschlag, den sie dem General Walnuss zuschrieben. Sie sagten, dass die Blauköpfe böse Ameisen seinen und die Rotköpfe vernichten wollten. Erst ist es Baldur, und dann seid ihr dran, meinten sie und boten uns ihre Hilfe an. Wenn wir unser Futter zu ihnen bringen, dann würden sie uns reichlich belohnen und für immer beschützen. „Nur gut, das Kalli selbst dabei war. Die hätten andere von uns, die nicht so standhaft sind, überrumpelt und uns damit ganz schön in Verlegenheit gebracht." „Binsi, es ist gut, dass ihr nicht gleich darauf eingegangenseid. Ich habe euch nämlich einiges zu berichten. Wir haben Baldur besucht, und er ist schon gut bei Kräften. Ich konnte mit ihm reden und er hat mir versichert, dass er sich sicher war, dass es keiner aus seiner Burg gewesen sein kann. Solch große Kerle gibt es bei den Blauköpfen nicht." „Sag mal Kalli. Wie sahen die Großköpfe denn aus?" Du hast ihnen doch direkt gegenübergestanden." „Es waren große, und kräftig erscheinende Kreaturen, und wirkten sehr despotisch und arrogant. „Danke Kalli, du hast gut reagiert. Ich kann mir jetzt schon eher ein Bild von der ganzen Sache machen. Von solchen Gestalten hat mir Baldur auch erzählt. Sie wussten, dass wir mit Baldur eng befreundet waren, und sie wussten auch das für die Führung der Blauköpfe Baldur ein Störenfried war. Also sollte wir davon überzeugt sein, dass die Attentäter bei den Blauköpfen zu suchen sind. Sie gebrauchen uns für ihren kalten Krieg, den sie schon seit Ewigkeit mit den Blauköpfen führen. Aber da haben sie sich geirrt. Wir lassen uns nicht für ihre Interessen einspannen.

Mikos war gut gelaunt und ließ sich von einem Flittchen verwohnen. Auf dem Tisch standen Schalen mit Leber und Herzen, und natürlich floss reichlich Bier. Plötzlich stand Lote mit einen der Soldaten, die sie zu den Blauköpfen geschickt hatten in der Tür und bat um ein Gespräch unter vier Augen. Mikos wusste, wenn Lote es so wichtigmachte, dann musste schon etwas Besorgniserregendes vorgefallen sein. Mikos schickte seine Kleine in ihre Kammer und bat Lote an seinen Tisch. „Komm trink mit mir einen Schluck und sage mir was du mir so Wichtiges mitzuteilen hast." „Unsere beiden Agitatoren, die wir zu den Blauköpfen geschickt hatten, sind enttäuscht zurückgekommen. Den Trupp Rotköpfe, den sie begegnet sind, haben sie das alles so schwärmerisch aufgetragen, was wir mit ihnen abgesprochen hatten. Eigentlich hätte alles so gut klappen können, aber da war eine dabei, die die Freude etwas trübte. Sie nannten sie Kalli. Sie muss wohl bei denen etwas zu sagen haben. Sie meinte, dass ein großer Trupp ihrer Kammeraden zu den Blauköpfen gezogen ist, um die Wahrheit zu dem Anschlag auf Baldur aufzuklären und die Schuldigen anzuklagen. Sie sagte: „Bevor wir mit euch reden, wollen wir erstmal abwarten was dort bei der Protestaktion rauskommt." Dann ließen sie unsere Leute einfach stehen und gingen in ihre Burg." „Na, da ist doch noch nicht alles verloren, Lote, schicke die zwei nochmal los. Sie sollen die Rotköpfe, wenn sie von der Burg der Blauköpfe zurückkommen, belauschen, um herauszufinden, in welcher Stimmung sie sind und ob es angebracht ist sie erneut anzusprechen. Dann müssen wir das gleiche Spiel nochmal machen. Wir müssen sie kriegen." Lote hatte erstanden. Er schickte seine beiden Soldaten auch wieder gleich los, damit sie den Trupp der Rückkehrer nicht verpassen. Sie müssten noch auf dem Weg sein. Nach einer Stunde stand Lote wieder bei Mikos vor der Tür. „Was ist nun wieder", wollte Mikos genervt wissen. „Meine Soldaten sind schon wieder da. Sie haben die Rotköpfe belauscht und sie in freudiger Stimmung gesehen. So wie sie das mitbekommen hatten ist Baldur noch am Leben und erfreut sich bester Gesundungsfortschritte. So wie sich das anhörte, zweifeln sie daran, dass der Anschlag auf ihm von den Blauköpfen ausgeführt wurde." „Wer aber soll denn da in Frage kommen?" Die werden doch nicht uns dahinter vermuten.

Mikos blickte nachdenklich in den Himmel. Wir müssen uns mal wieder mit den Blauköpfen treffen um über die Ereignisse in der letzten Zeit zu reden. Wir kennen doch Baldur von den ersten Verhandlungen her. Wir zeigen uns natürlich bei allen Vorkommnissen frei von Schuld. Warum sollten wir ihn umbringen wollen. Gleich morgen schicken wir einen Gesandten zu den Blauköpfen und schlagen ihnen einen neuen Termin für einen Treff vor. Wir werden auch den Wunsch äußern, Baldur einen Krankenbesuch abzustatten." „Das ist ein guter Gedanke, Mikos. Ich bin natürlich dabei. Bei dieser Gelegenheit könnten wir unser neuestes Bier präsentieren," schwärmte Lote. „Wolle war doch schon damals von unserer Braukunst begeistert." „Na ja, Nehle, der Überläufer, hat uns damals berichtet, dass die Blauköpfe jetzt auch selber Bier produzieren. Ich nehme aber an, dass das Unsere das Bessere ist. „Lote, wir wollen diesen Treffen nicht so hoch anbinden, sonst hat es den Anschein, dass wir Schuldgefühle zeigen. Du nimmst das in die Hand und organisierst den Treff an alter Stelle. Lote war sofort in Hochstimmung. Er liebte es Verantwortung für so aktuell wichtige Aufgaben übertragen zu bekommen. Das machte ihn stolz und einfallsreich. Er überlegte über was sie reden könnten. Die Grenzen hatten sie ja schon abgesteckt. Die wurden auch größtenteils von allen respektiert. Lote setzte den Schwerpunkt auf die Futtersuche. Es wurde noch zu viel Raubbau an der Natur betrieben. Die Oasen, über die jeder verfügte reichten nicht aus, um auch in Zukunft davon leben zu können. Da waren Ideen gefragt. Die Großköpfe hatte keine Vorschläge zu diesem Thema. Vielleicht können wir von den Blauköpfen einige Ideen aufgreifen.

Der General empfing den Gesandten von Mikos, dem Heerführer der Großköpfe, sehr zurückhaltend. Er misstraute der ganzen Sache. Aber er dachte sich auch, verhandeln ist immer noch besser als kriegerische Handlungen mit Blutvergießen. Er wusste nicht warum sie jetzt auf Verhandlungen drängte. Hatten sie vielleicht mitbekommen, dass wir eine ihrer Königinnen bei uns haben? Nein das glaube ich nicht. Dann hätten sie sich schon eher mal gemeldet. Lassen wir es auf uns zukommen. Wir können offene Fragen auch noch in Nachfolgeverhandlungen klären. Wolle soll sich der Sache annehmen. Wir werden dann über die Ergebnisse der Unterredung bei uns beraten. Mit einer Terminzusage schickte der General die Gesandten zu den Großköpfen zurück.

Dann kam der Tag als die Fahnen am ausgemachten Treffpunkt gehisst wurden. Wolle und Lote waren sich schon oft begegnet und wussten, wie sie miteinander umzugehen hatten. Die Begrüßung viel kühl und zurückhaltend aus. Keiner traute den anderen über den Weg. Wolle hatte keine Ahnung, über was er reden sollte. Und auch Lote fand nicht gleich die richtigen Worte. Ein Begleiter von Lote rettete die verfahrene Situation, und schimpfte über die scheußliche Wetterlage. Die Luft wird immer kälter, aber der Boden ist noch viel zu warm. Bei dieser Konstellation gedeiht alles nur spärlich. Jetzt war der Anfang gemacht. Genauso wie Lote es geplant hatte. Wolle konnte der Ansage nur zustimmen und sprach vom Aufwand etwas Nahrhaftes aufzutreiben oder selbst zu produzieren. Dann noch die dicke Ascheschicht. Sie ist schwefelhaltig und verhindert, das Grünzeug an die Oberfläche kommt. „Wie ich sehe haben wir alle das gleiche Problem", sagte Wolle und berichtete von seinen Erfahrungen der Suchtrupps. Auf Anhöhen, wo der Regen die Asche untergespült hat, ist eher die Möglichkeit vorhanden, dass dort was wachsen kann. Aber ich glaube, wenn wir die Asche in den Tälern beiseite räumen, können wir im Boden nach Fressbaren suchen. Der Aufwand ist hoch, aber es ist unsere einzige Überlebenschance. Zumal wir auch mal wieder mit einem Winter rechnen müssen. Alle stimmten dieser Aussage zu und warteten auf eine andere Thematik. Aber keiner wollte oder konnte andere Dinge ansprechen. Lote schlug eine Verhandlungspause vor und packte nun seine Schälchen mit seiner neuen Bierkreation aus. Für Wolle war klar. Die wollten nur wissen was wir wissen. Aber auch wir können schweigen und unser Wissen für uns behalten. Nach der gemütlichen Bierpause drängte Lote zum Besuch von Baldur. Wolle ging mit allen zur Burg und forderte sie auf, vor der Burg zu warten bis er sich mit dem General abgestimmt hat. Nach einer halben Stunde erschien Wolle mit Lorin und erlaubte nur einen von den Großköpfen Baldur zu besuchen. Natürlich drängte sich Lote gleich nach vorne zu Lorin. Beide begaben sich auf den Weg zum Krankenlager. Baldur fühlte sich schon etwas besser und versuchte sich auf der Liege aufzurichten. In diesem Moment erschien Lorin mit Lote im Raum. Baldur war erstaunt Lote, den er ja schon mal in friedlicher Runde begegnet war, plötzlich vor seinem Krankenbett zu sehen. Lote trat an Baldur heran und begrüßte ihn mit netten Worten. Dann befragte er ihm nach seinem Befinden. Baldur konnte Lote noch nicht die Hand reichen. Dafür waren die Schmerzen noch zu groß. Lorin bat um Verständnis, dass der Besuch nun beendet werden muss. Baldur braucht nun seine Ruhe und muss sich wieder hinlegen. Als Lote sich höflich verabschiedete funkte es bei Baldur. Warum bin ich nicht gleich darauf gekommen. Es war der Geruch, der ihn den Tag wieder in sein Bewusstsein rief. Jede Ameise riecht anders. Die Großköpfehaben auch ihren eigenen Geruch. Nein, Lote war das nicht, aber auf jeden Fall waren es Großköpfe. Das konnte er am Geruch erkennen. Baldur bemühte sich gefasst zu bleiben und wartete bis Lote in Begleitung von Lorin aus dem Raum gegangen war. Dann rief er nach dem General. Er hatte ihm was äußerst Wichtiges zu sagen.

Noch am gleichen Abend saßen der General, Wolle und Nolke zusammen und berieten die Sachlage. Der General schlug erstmal vor Ruhe zu bewahren und nichts zu unternehmen, was den Frieden stört. Einen Krieg können wir uns in dieser Situation nicht leisten, und auch die Großköpfe werden das jetzt nicht wollen. Wir lassen uns unsere Wut nicht anmerken, behalten die Aktivitäten der Großköpfe aber im Auge. Es war nicht gut Lote in unsere Burg zu lassen. Der wird sich sicherlich unsere Befestigungen angesehen haben und Mikos davon berichten. Aber vielleicht ist es auch nicht so falsch zu zeigen, wie gewappnet wir sind. Aber eine Frage blieb offen. Warum hatten sie das getan? Wolle glaubte die Antwort zu wissen. „Denkt doch mal an die Rotköpfe vor unserer Burg. Wie wütend die waren, weil sie geglaubt hatten, dass wir den Anschlag verübt hatten um Baldur loszuwerden. Genau das war das Ziel. Sie wollten Unruhe stiften und eine Revolte unsere Arbeiter und Soldaten provozieren, um dann als die Retter hier zu erscheinen. Na das ist wohl erstmal in die Hose gegangen." Der General befahl Stillschweigen zu bewahren um keine Unruhe in die Burg hineinzutragen."Sagt das bitte auch Baldur".

Alle Bemühungen, neue Futterquellen zu erschließen blieben bisher erfolglos. Die Hauptgrundlage der Versorgung waren tote Säugetiere, die sie ab und zu unter der Asche fanden. Auch die Rotköpfe mussten sich mit dieser Nahrung begnügen.


Bei den Rotköpfen herrschte große Unruhe. Irgendetwas stimmte nicht mit ihrer Gesundheit. Sie wurden immer schwächer und taten sich schwer Futter zur Burg der Blauköpfe zu bringen. Als eine der Rotköpfe vor der Burg zusammenbrach rief der Posten Lorin um Hilfe zu leisten. Lorin kam auch schnell vor die Burg und schaute sich die Kranke an. „Ich kann da nichts tun. Die hat sich sicherlich in ihrer Arbeit übernommen. Tragt sie zurück in eure Burg und gönnt ihr viel Ruhe, dann wird sie sich wieder erholen." Lorin wirkte schockiert. Sie verließ sofort die Gruppe der Rotköpfe und verschwand in ihr Arbeitsgebiet. Lange saß sie stillschweigend bei Baldur und grübelte danach, wie sie das wohl dem General und der Königin beibringen sollte. Lorin wusste sofort was der Arbeiterin der Rotköpfe fehlte. Es war die verehrende Pilz-befallseuche, die schon einmal ein ganzes Volk ausgerottet hat. Die kranke Ameise hatte die gleichen Anzeichen auf der Haut. Wolle wollte gerade zu Baldur als er Lorin ganz fassungslos vorfand. „Was ist los mit dir. Geht es etwa Baldur wieder Schlechter." „Nein nicht Baldur, aber den Rotköpfen. Ich habe sie wieder weggeschickt von der Burg, als sie Futter brachten. Sie sahen alle krank aus und eine war schon zusammengebrochen. Ich bin mir sicher, dass wir es mit der Pilzbefallseuche zu tun haben. Das bedeutet sofortige Quarantäne in der gesamten Burg der Rotköpfe. Diese Seuche ist hoch ansteckend, und wir müssen uns vor ihr hier schützen. Wir müssen die Rotköpfe sich selbst überlassen und können kein Futter mehr von ihnen übernehmen. Die Inkubationszeit beträgt eine Woche. Das heißt, dass sich schon sehr viele bei den Rotköpfen angesteckt haben müssen bevor die Krankheit sichtbar wird. Da es keine Medikamente gegen diese Krankheit gibt, müssen wir den Kontakt zu den Rotköpfen sofort abbrechen." Wolle hörte sich das mit großer Besorgnis an. „Ich schicke einen Soldaten zur Burg, der die Wachsoldaten, die vor der Burg der Rotköpfe für die Sicherheit verantwortlich waren, sofort wieder zurückholt. Das muss aber unauffällig passieren um keine Panik bei den Rotköpfen auszulösen. Die drei Rotköpfe, die damals von den Großköpfen zu uns gekommen sind müssen wir sofort liquidieren, damit sie keinen Kontakt mit ihren Kammeraden aufnehmen können. Lorin, ich weiß das klingt jetzt hart, aber jetzt geht es nur noch um uns, und um unser Überleben. Der Zugang zu den Königskammern werde ich sofort sperren. Es dürfen nur noch von Lorin bestimmte Ameisen, die vorher auf diese Krankheit getestet wurden, zu den Königinnen. Vor allem müssen wir die junge Königin mit ihrer Brut schützen." Dann machte sich Wolle Hals über Kopf auf den Weg zum General.

Der Abzug der Soldaten von der Burg der Rotköpfe blieb den Spähern der Großköpfe natürlich nicht verborgen. Diese Information erreichte Mikos noch vor dem Abendessen. Er befahl sofort Primus und Lote zu sich und begann dann triumphierend seine Ansprache: „Welch eine Gelegenheit, in die Burg der Rotköpfe einzudringen und das zu realisieren, was wir schon immer mal vorhatten. Wir werden sie von unseren Wohlfahrtsstaat überzeugen. Wir nehmen uns viel Zeit dafür und verbringen die ganze Nacht bei ihnen. Wer von denen will, kann auch zu uns kommen. Wer nicht der bleibt eben in seiner Burg. Die glauben doch noch immer, dass die Blauköpfe mit dem Anschlag auf Baldur etwas zu tun haben, weil sie die einleuchtenderen Argumente liefern. Primus, ich habe großes Vertrauen zu dir. Mach dich sofort auf den Weg und spinne deine Fäden. Du musst sie so umgarnen, dass sie nur noch uns dienen wollen und mit den Blauköpfen für immer abschließen."

Wenn die Blauköpfe die Burg der Rotköpfe auch verlassen haben, so heißt das nicht, dass sie völlig weg waren. Ein paar Späherbeobachteten weiterhin die Burg, um zu verhindern, dass sich Rotköpfe auf den Weg zur Burg der Blauköpfe machen. Am nächsten Morgen berichteten die Späher dem General, dass sich Großköpfe in der Burg der Blauköpfe befinden. Walnuss war sichtlich verwundert darüber, denn so schnell hatte er das nicht erwartet. Ein Lächeln überzog sein Gesicht. „Wenn die wüssten, was ihnen passiert? Sie können die Rotköpfe geschenkt bekommen und die Pandemie gleich mit dazu. Jetzt heißt es nur noch verhindern, dass das Virus unsere Burg erreicht. Jeder Bereich wird in Quarantäne versetzt. So bald einer Symptome dieser Seuche zeigt, kommt er in die Todeszelle und wird beseitigt. Und wenn nur wenige von uns übrigbleiben, das Leben weiter. Außerdem brauchen wir nicht mehr so viele Mäuler zu stopfen. Wichtig ist, dass die junge Königin Sonni nicht infiziert wird, denn in ihr sehe ich die einzige Chance für die Entwicklung einer neuen Generation. Keiner wird danach sehen, welchen Farbe oder Statur die neuen haben. Es geht dann nur noch Leben und Überleben.

Die Ausfälle in der Burg der Blauköpfe hielt sich in Grenzen. Dadurch, dass der Virusvon Lorin schnell erkannt wurde, konnten Maßnahmen ergriffen werden, die das Verbreiten des Virus in der Burg verhinderte. Allen Ameisen bietet die Produktion von Ameisensäure auch einen sicheren Schutz vor Krankheiten. Bei dieser Pandemiefunktioniert das aber so nicht. Eine Ameise musste ihre Ameisensäure bei einer anderen Ameiseauf einen bestimmten Punkt sprühen, um Wirksamkeit zu erreichen. Das musste aber schnell geschehen, denn wenn die Seuche schon sichtbar war, dann war es auch schon zu spät. Über so ein Wissen verfügte nur Lorin und kein anderer.

Um der Burg herum war es still geworden. Weder von der Burg der Rotköpfe noch von den Großköpfen gab es Lebenszeichen. Lorin überprüfte jetzt ständig die Königskammern. Die Königinnen Ladina und Sonni hatten keine Ahnung was um sie herum vor sich ging. Sonni hatte sich prächtig entwickelt. Keiner hatte das so verfolgt wie Lorin. Voller Freude konnte sie dem General nun mitteilen, dass es nicht mehr lange dauern kann bis den großen Hochzeitsflug über der Burg der Blauköpfe stattfindet. Ladina hatte sich mit ihrem Schicksal abgefunden und Sonni bei der Brutpflege geholfen. Jetzt freute sie sich über den Nachwuchs, als wären es ihre eigenen Kinder. Der General nahm vor Freude alle in den Arm, die ihm begegneten. Mit Wolle hätte er gern ein Bier getrunken, aber das Bier war aus, und es fehlten die Grundstoffe um neues zu produzieren. Die Versorgung der Bewohner und der künftigen Mitglieder der Gesellschaft hatte Vorrang.

Ladina schaute in den Himmel. Es war kühl, aber trotzdem war es so ein wunderschöner sonniger Tag wie bei ihrem Hochzeitsflug vor langer Zeit. Der General machte sich den Spaß und ließ die geflügelte Königin aus Sonnis Brut und ihre geflügelten Männchen im Gleichschritt aus der Burg raustreten und in einer Linie aufstellen. Jeder, auch der ungeflügelte Nachwuchs von Sonni, standen Spalier. Jeder sollte an diesem Schauspiel seine Freude finden. Auch Baldur stand ganz gerührt neben Lorin und verfolgte das alles mit innerer Teilnahme. Lorin hatte ihm zwei Stöcke geschnitzt, mit dessen Hilfe er schon etwas laufen konnte. Bewegt von der Festlichkeit dieses feierlichen Aktes hielten sich alle an den Händen und streckten diese in die Luft. Das war sogleich das Startzeichen für den Abflug der geflügelten Königin und ihrer geflügelten Soldaten. Keiner achtete auf das befremdende Aussehen, wie Farbe und Figur, der Starteten.

Lange kreiste sie um die Burg und vollzogen ihren Begattungsakt im Flug, so wie Ladina das einmal so bezaubernd fand und beschrieben hatte. Als die Königin nach geraumer Zeit wieder auf den Boden landete war der Jubel groß. Alles schaute auf die neue junge Königin. Nur Sonni hatte noch die Macht über sie. Der General ging vergnügt zu Baldur und freute sich über dessen Heilungserfolge. Vergessen war aller Streit um politische Belange und Ideologien. Alles war in Hochstimmung und keiner wagte jetzt über all die Probleme zu reden.

Die neue Königin berichtet, dass sie im Flug eine schöne weite Aussicht genießen konnte. Sie hatte auch gesehen, wie aus einer fern gelegenen großen Burg eine hochdekorierte große Ameise sich weit entfernte und hilflos in die Irre lief. Wolle wusste, um wen es sich da nur handeln konnte. Das war Mikus, der seinen sterbenden Haufen entfliehen wollte. Doch da gab es kein Ziel, nur ein schreckliches Ende.

Auch von den Rotköpfen war keiner mehr zu sehen. Die Pandemie hatte wohl alle dahingerafft. „Wie gut, dass wir uns so gut von allen anderen abgeriegelt und isoliert haben. Unsere Strategie hat sich bewährt", rief der General allen freudig zu, und erntete den verdienten Beifall seiner Getreuen.

Ladina stand noch immer auf den Hügel und blickte starr in den Himmel. Es war zwar nichts mehr Interessantes zu sehen, aber in Gedanken versunken blickte sie auf all die Jahre zurück, wo sie die alleinige Herrscherin über ein stolzes Volk war. Jetzt wurde ihr kalt und schwummerich vor Augen. Sie wusste, dass war ihr letzter Auftritt. Sie wird sich nun zum endgültigen Abtritt von ihrem Aussichtspunkt entfernen und für immer in ihr Gemach zurückziehen.

Die Blauköpfe waren nun die einzigen Überlebenden auf diesen Planeten. Sie waren aber auch weiterhin von der Hoffnung beseelt, die Schwierigkeiten des Lebens für immer bewältigen zu können. Es gibt auf diesem Planeten nicht mehr Ressourcen, nur weniger Esser.

Wie lange werden sie durchhalten?

Zeitfracht Medien GmbH
Ferdinand-Jühlke-Straße 7
99095 Erfurt, Deutschland
produktsicherheit@kolibri360.de